Meisterwerke kurz und bündig

Das Nibelungenlied
Von Fritz R. Glunk

W0309202

SERIE PIPER

Meisterwerke kurz und bündig
Herausgegeben von Olaf Benzinger

Siegfried, der den Drachen tötet und um Kriemhild wirbt, die beiden Königinnen, die zu bitteren Feindinnen werden, Brünhild, die Siegfried von Hagen ermorden läßt, und zum Schluß die blutigen Ereignisse am Hof von König Etzel – die Nibelungen sind weltberühmt, in ihrer Komplexität und Personenfülle jedoch schwer zu überblicken. Fritz R. Glunk hilft kurz und bündig: Er stellt Inhalt, Entstehung und Wirkungsgeschichte des Nibelungenlieds anschaulich vor. Ein höchst kurzweiliges Kompendium mit allen wichtigen Daten, Fakten und Hintergrundinformationen.

Fritz R. Glunk, geboren 1939, studierte Literatur- und Sprachwissenschaften und war als Dozent des Goethe-Instituts und als Verlagslektor tätig. Seit 1986 arbeitet er als freier Journalist, Übersetzer und Schriftsteller. Seit 1998 ist er außerdem Herausgeber der literarischen Online-Zeitschrift »Die Gazette« (www.gazette.de). Er lebt heute in München. In der Reihe »Meisterwerke kurz und bündig« erschienen von ihm »Dantes Göttliche Komödie«, »Dostojewskijs Schuld und Sühne« und »Das Nibelungenlied«.

Das Nibelungenlied

Von Fritz R. Glunk

Piper München Zürich

In der Reihe »Meisterwerke kurz und bündig« liegen vor:
Homers Ilias und Odyssee (von Gerhard Fink, Serie Piper 2885)
Goethes Faust (von Michael Lösch, Serie Piper 2886)
Wagners Ring (von Robert Maschka, Serie Piper 2887)
Michelangelos Sixtinische Kapelle (von Lieselotte Bestmann, Serie Piper 2888)
Prousts Auf der Suche nach der verlorenen Zeit (von Philipp Reuter, Serie Piper 2890)
Dantes Göttliche Komödie (von Fritz R. Glunk, Serie Piper 2891)
Dostojewskijs Schuld und Sühne (von Fritz R. Glunk, Serie Piper 3135)
Ovids Metamorphosen (von Gerhard Fink, Serie Piper 3136)
Sgt. Pepper's Lonely Hearts Club Band der Beatles (von Olaf Benzinger, Serie Piper 3137)
Joyce' Ulysses (von Frank Zumbach, Serie Piper 3138)
Thomas Manns Zauberberg (von Dirk Heißerer, Serie Piper 3141)
Die vier edlen Wahrheiten des Buddha (von Frank Zechner, Serie Piper 3142)
Cervantes' Don Quijote (von Horst Weich, Serie Piper 3150)
Musils Mann ohne Eigenschaften (von Thomas Kraft, Serie Piper 3185)
Grass' Blechtrommel (von Heinz Gockel, Serie Piper 3303)
Platons große Dialoge (von Gerhard Fink, Serie Piper 3353)
Shakespeares Hamlet (von Frank Günther, Serie Piper 3366)
Nietzsches Zarathustra (von Johann Prossliner, Serie Piper 3475)
Das Nibelungenlied (von Fritz R. Glunk, Serie Piper 3476)

Originalausgabe
März 2002
© 2002 Piper Verlag GmbH, München
Umschlag: Büro Hamburg
Isabel Bünermann, Meike Teubner
Umschlagabbildung: Thomas Escher
Redaktion und Satz: Lektyre Verlagsbüro
Olaf Benzinger, Germering
Druck und Bindung: Clausen & Bosse, Leck
Printed in Germany ISBN 3-492-23476-3

www.piper.de

Inhalt

Fundsachen

Am Anfang mußte den Deutschen das Nibelungenlied regelrecht aufgezwungen werden – und zwar von einem Ausländer. Damals, vor gut zweieinhalb Jahrhunderten, herrschte ein literarischer Diktator namens Johann Christoph Gottsched in Deutschland. Schon mit dreißig Jahren hatte er seinen VERSUCH EINER CRITISCHEN DICHTKUNST VOR DIE DEUTSCHEN (1730) publiziert und »darinnen erstlich die allgemeinen Regeln der Poesie, hernach alle besondere Gattungen der Gedichte abgehandelt und mit Exempeln erläutert«. Was sich so im Titel als schlichtes Handbuch präsentierte, war in Wirklichkeit eine endlose Liste rigoroser, oft absurder Schreibanweisungen (die Handlung eines Dramas beispielsweise dürfe nur am Tag spielen, weil ja die Nacht zum Schlafen da sei). Diesem »Rektor aller Deutschen« war jede poetische Gefühlsregung verdächtig; erlaubt waren nur »Einfachheit und Natürlichkeit«, das allein ergebe »guten Geschmack«.

Im Rückblick kommt es uns bezeichnend vor, daß der Großkritiker sogar mit dem Nibelungen-Stoff in glücklose Berührung kam. Auch er kannte das volkstümliche Buch vom »Hürnen Seyfried«, und er fand darin alles, was seine peniblen Vorschriften verletzte: Der »gehörnte Ritter Siegfried«, meinte er abschätzig, sei eines jener Bücher, »die dem barbarischen Geschmack unserer Vorfahren, nicht aber den Regeln eines vernünftigen Heldengedichts gemäß sind«.

Seine Intoleranz machte ihm Feinde. Lessing nannte ihn »unverschämt« und einen »schalen Kopf«, und Herder rief dem »alten Mann«, der »zwanzig Jahre lang / die deutschen Musen scheuchte«, sein Haß-Gedicht noch ins Grab nach. Unerwartet folgenreich jedoch wurde der sogenannte »Dichterkrieg«, den der Deutsche gegen die beiden Schweizer Bodmer und Breitinger führte.

Ursprünglich waren sich Gottsched und Johann Jakob Bodmer sympathisch, jedenfalls rezensierten sie sich gegenseitig und immer freundlich, ein frühes Kritiker-Kartell. Dann legt Bodmer seine Prosaübersetzung von Miltons PARADISE LOST vor – für Gottsched aber ist dieser Autor ein billiger Schreiberling. Bodmer verschärft den Streit: »Die Deutschen«, sagt er, »sind noch in dem Zustande, in welchem die Engländer viele Jahre gestanden, ehe ihnen geschickte Kunstrichter die Schönheiten in Miltons Gedichten nach und nach wahrzunehmen gegeben.« Er hält dem deutschen Oberlehrer das »Wunderbare« an Shakespeare entgegen, Gottsched sieht dort nichts als »abgeschmackte Hexereien«. Bodmer möchte das große Gefühl sehen, Gottsched schüttelt dabei nur unwillig den Kopf: Wenn der Verstand »nichts zu denken habe«, sei der Text wertlos.

Bodmer wird zwar im Alter selbst ein unduldsamer Literaturpapst. Und schrullig: In seinem Zürcher Haus muß eine Magd die Trommel schlagen, wenn sich ungebetene Besucher nähern. Aber sein Plädoyer für die Phantasie wird die deutsche Literatur aus den Fesseln eines kalten Regelwerks befreien.

Und wie nebenbei »entdeckt« er jetzt, obwohl nicht ganz eigenhändig, das Nibelungenlied.

»Alte schwäbische Gedichte«?

Genau besehen haben wir diese Wiederentdeckung einem schlechten Arzt zu verdanken.

Jakob Hermann Obereit wurde 1725 in Arbon am Bodensee geboren; sieben Jahre später zog seine Familie nach Lindau um. Hier ging der Junge nach einem wenig intensiven Schulbesuch zu einem Wundarzt in die Lehre, danach studierte er in Halle Medizin und ließ sich zeitweilig in Berlin als Chirurg und Geburtshelfer nieder, bevor er in seiner Heimatstadt Lindau eine Anstellung als »Praktikus und Operateur« erlangte. Jedoch brachten die Lindauer seiner ärztlichen Kunst kein großes Vertrauen entgegen. Angesichts des beruflichen Mißerfolgs befaßte sich Obereit bald nur noch mit seiner Neigung zur Poesie. Dabei pflegte er einen lebhaften Briefwechsel mit Bodmer in Zürich, erfuhr so von dessen Wunsch nach mittelalterlichen Handschriften und machte sich bald selbst auf die Suche.

Im Frühsommer 1755 kommt er auf einer Österreich-Reise durch Hohenems in Vorarlberg und dort auch in die gräfliche Bibliothek. Hier wird er fündig. Die Bedeutung des Manuskripts ist dem abgebrochenen Medicus zwangsläufig verschlossen. Am 26. Juni schreibt er an Bodmer, er habe hier gerade zwei Pergament-Codices »von alten schwäbischen Gedichten« gefunden. Eines davon beschreibt er als ein »aneinanderhangend weitläufig Heldengedichte … von der burgondischen Königin oder Prinzessin Chriemhild«. Da der Graf die Handschrift nicht lange und schon gar nicht an einen anderen Ort ausleihe, empfehle er, sie dortselbst abschreiben zu lassen. Was Obereit in Händen hält, ist die heute weltberühmte Handschrift C des Nibelungenliedes.

Bodmer läßt sich offenbar Zeit mit der Antwort. Vier Wochen später meint er in einem Brief an seinen Kurarzt Zellweger, er müsse ja noch Obereit schreiben wegen der »alten schwäbischen Codicibus«. Im August jedoch scheint er den Text wenigstens gesehen zu haben, denn nun setzt er sein fatales Urteil in die Welt: Das Nibelungenlied, schreibt er wieder an Zellweger (am 24. August), sei »eine Art ILIAS, und wenigstens etwas, so die Grundlage einer ILIAS in sich enthält« – eine Qualifizierung mit weitreichenden Folgen.

Erst im Jahr darauf, in der Zürcher Zeitschrift FREYMÜTHIGE NACHRICHTEN VON NEUEN BÜCHERN UND ANDEREN ZUR GELEHRTHEIT GEHÖRIGEN SACHEN (1756), berichtet Bodmer offiziell über ein Heldengedicht vom »Zeitpunkt der Minnesänger«, das zu entdecken er kürzlich die Ehre

»Eine deutsche Ilias«?

In Bodmers Urteil fehlte dem Nibelungenlied zu einem ordentlichen Epos etwas Entscheidendes: Es war nicht in griechischen Hexametern geschrieben. Aber dem Mangel war leicht abzuhelfen, indem Bodmer selbst neue Strophen hinzudichtete. Das klang dann richtig homerisch so:

»Rüdeger saß in seinem Palast am Fenster, da sah er
Ferneher jemand zu Pferd, der mit verhängtem Zügel
Gegen die Burg her rennte; die beiden Seiten des Rosses
Bluteten von den Spornen. Der Markgraf erkennt ihn für Ekwart,
Seinen Vasall, er gieng vor die Pforte ihm entgegen.
Was bedeutet, so rief er, die Eil? Ist ein feindliches Kriegsheer
Gegen uns angezogen und droht uns mit Brand und Vergeltung?«

hatte (von seinem Briefpartner Obereit redet der eitle Bodmer jetzt nicht mehr). Die »hintere Hälfte« meint er, stelle »ein ziemlich regelmäßiges Werk« dar, das sich durchaus mit der ILIAS vergleichen lasse; der vordere Teil allerdings enthalte eher unglaubwürdige Abenteuer. Wieder ein Jahr später gibt Bodmer dann den angeblich besseren zweiten Teil in Zürich unter dem Titel CHRIEMHILDENS RACHE als Buch heraus (den ersten Teil referiert er nur beiläufig als poetisch unergiebig).

Das Echo ist enttäuschend. Allein Lessing, der sogar »das alte schwäbische Deutsch« (also Mittelhochdeutsch) lernt, erwähnt einmal die »kostbaren Überbleibsel«. Bodmer greift in verärgerten Hexametern seine Kollegen im Nachbarland an, insbesondere Klopstock und Wieland, die nichts für die Wiedererweckung des Nibelungenliedes getan haben. Noch 22 Jahre später muß er die Deutschen ermahnen, sie sollten ihren vergangenheitsblinden »Teutonismus« fahren lassen und sich statt dessen »auf das Vaterland und die Rechte der Altschwaben« besinnen, deren Erben sie doch seien.

Die erste Ausgabe des ganzen Textes erscheint 1782 immerhin in Berlin, herausgegeben von dem Bodmer-Freund Christoph Heinrich Müller (auch Myller): DER NIBELUNGEN LIET. EIN RITTERGEDICHT AUS DEM XIII. ODER XIV. JAHRHUNDERT. Zum ersten Mal aus der Handschrift vollständig wiedergegeben. Es ist ein Subskriptionsdruck, der erste Band einer großangelegten »Sammlung Deutscher Gedichte«, ein riskantes Unternehmen, daher werden regierende Fürstenhäuser als Sponsoren gesucht.

Wieder sind die Reaktionen wenig ermutigend. Zwar bedankt sich Prinzessin Amalie von Preußen artig für das Belegexemplar und spendet »zur Fortsetzung dieses nützlichen Werckes einen geringen Beytrag«. Aber Prinz Ferdinand lehnt jede Unterstützung ab, weil er von dem mittelhochdeutschen Text sowieso kein Wort versteht. Landgraf Ludwig von Hessen-Darmstadt winkt ebenfalls ab: »Wären es Sachen, die das Militaire-Fach beträfen, so würde ich sie mit Vergnügen empfangen.« Und Friedrich der Große, dem das Buch reichlich naiv gewidmet ist, schickt in seiner eigenwilligen Orthographie dem Herausgeber diese oft zitierte Absage: »Hochgelahrter, lieber getreuer. Ihr urtheilt, viel zu vortheilhaft, von denen Gedichten, aus dem 12., 13., 14. Seculo, deren Druck ihr befördert habet, und zur Bereicherung der Teutschen Sprache, so brauchbar haltet. Meiner Einsicht nach, sind solche, nicht einen Schuß Pulver werth; und verdienten nicht, aus dem Staube der Vergessenheit, gezogen zu werden. In meiner Bücher-Sammlung wenigstens, würde Ich, dergleichen elendes Zeug, nicht dulten; sondern herausschmeißen. Das Mir davon eingesandte Exemplar mag dahero sein Schicksal, in der dortigen großen Bibliothec, abwarten. Viele Nachfrage verspricht aber solchem nicht; Euer sonst gnädiger König Frch.«

Bodmer und Myller hatten sich in Zürich und Berlin redlich bemüht, aber die Zeit war noch nicht reif für das Nibelungenlied. Der eigentliche Entdecker übrigens, der erfolglose Arzt Obereit, wurde danach nie wieder philologisch tätig, sondern verfaßte jetzt nur noch pansophisch-mystische Schriften.

Sagas und Sagen

Bereits Bodmer hatte die Zweiteilung des Nibelungenliedes erkannt: den ersten Teil mit der Geschichte von Siegfried und Kriemhild, Gunther und Brünhild, und den angeblich wertvolleren zweiten Teil mit dem Burgundenuntergang an Etzels Hof (den er »Kriemhilds Rache« betitelt hatte). Auch Müllers Datierung »aus dem 13. oder 14. Jahrhundert« war erfreulich vorsichtig und sündigte nicht durch eine gesucht hohe Altersangabe.

Literaturgeschichte, Altertumskunde, Namensforschung und Sprachwissenschaft hatten sich seit dem Ende des 18. Jahrhunderts zusammengetan und suchten gemeinsam nach den Quellen des mittelalterlichen Epos. Es dauerte nicht lange, und man hatte sie gefunden: Die nordische Edda, im CODEX REGIUS (so genannt, weil er in der Königlichen Bibliothek zu Kopenhagen stand), enthielt eine umfangreiche Sammlung sehr alter Gedichte. Es waren Götterlieder, etwa die später berühmte WEISSAGUNG DER SEHERIN (VÖLUSPA), dann aber auch mehrere Heldenlieder, in denen dieselben Personennamen auftauchten wie bei den Nibelungen – auch wenn diese Namen manchmal ganz andere Personen bezeichneten.

Der Codex wurde zwar erst fünfzig Jahre nach dem Nibelungenlied zu Pergament gebracht, aber was da erzählt wurde, das erkannte man bald, war so archaisch, daß es aus einer tieferen, sagenhaften Vergangenheit stammen mußte, zum Teil aus dem 9. Jahrhundert. In einem dieser Heldenlieder, der WEISSAGUNG GRIPIRS, fragt zum Beispiel Sigurd, wie Siegfried auf altnordisch heißt, nach seinem künftigen Schicksal und erfährt: Er werde immer gut und sittenrein durchs Leben gehen, aber das werde ihm wenig nützen, denn durch weibliche Bosheit werde er zugrunde gehen, durch »Grimhilds List«. Auch die Brautwerbung um Brynhild, die aber für »den Gotenherrscher« Gunther durchgeführt wird, wird ihm vorhergesagt.

Das nächste Gedicht, DAS LIED VON REGIN, ist ebenfalls reich an Nibelungenlied-Motiven. Hier hat Regin dem

Helden Sigurd ein wundersames Schwert geschmiedet, auch ein Goldschatz kommt vor, den Regins Bruder in Gestalt des Drachen Fafnir bewacht. In den folgenden Versen (im LIED VON FAFNIR) erschlägt Sigurd das Untier, und der sterbende Fafnir weissagt ihm den nahen Untergang durch den soeben gewonnenen Schatz. Dann mythische Motive, gemischt mit Märchenzügen: Sigurd stärkt sich, indem er das Blut des toten Bruders trinkt, fährt sich mit dem blutigen Finger über den Mund – und versteht die Sprache der Vögel, die ihm Großartiges weissagen: Er wird eine Königstochter namens Gudrun erringen, dann aber noch zur »Schlachtjungfrau« fahren, zur Walküre Brynhild, die hinter dem Flammenwald in einem Straf- und Zauberschlaf liegt (»Wingskornir« heißt in den folgenden Zeilen Brynhildes Pferd):

»Auf dem Berg, ich weiß,
die Walküre schläft,
und über sie hin
spielen die Flammen;
Odin stach sie
mit seinem Schlafdorn;
sie tötete Männer –
nicht welche er wollte!

Du kannst, o Held,
sie sehn im Helme;
Wingskornir trug sie
weg aus dem Kampf;
nicht kann man Brynhilds
Schlaf verscheuchen,
Sigurd, bevor es
das Schicksal will.«

Im LIED VON SIGRDRIFA geschieht dann auch genau das Vorhergesagte (nur daß Brynhild jetzt Sigrdrifa heißt und der Flammenwall eine »Schildburg« ist, ein Körperpanzer, aus dem Sigurd die Schlafende mit seinem Zauberschwert heraushauen muß). Sigrdrifa reicht ihm einen »Gedächtnistrank«, ruft feierlich die Götter an und betrachtet Sigurd fortan als ihren Verlobten: Sie habe einst das Gelübde abgelegt, »keinen Mann zu heiraten, der die Furcht kenne«.

In den weiteren Liedern flößt nun Gudruns Mutter dem Helden eine Art Vergessenstrank ein, so daß er seine Erinnerung an die Walkyre verliert, sich mit Gudrun verlobt und Brynhild für Gunnar befreit – in dessen Gestalt und diesmal wieder aus einem Flammenwall. Drei Nächte schläft er neben ihr, aber aus Verbundenheit mit Gunnar liegt immer sein Schwert zwischen ihnen. Eines schönen Tages geraten Brynhild und Gudrun in Streit, der Brautwerbungsbetrug kommt ans Licht, Brynhild verlangt Sigurds Tod, der jüngste Bruder Gunnars erschlägt Sigurd, und Brynhild begeht Selbstmord.

Über all diesem Geschehen liegt ein düsteres Bühnenlicht. Hier geht offenkundig keine Geschichte gut aus. Alle Beteiligten handeln und leiden in der VÖLUSPA wortkarg und fatalistisch unter strengen Loyalitätszwängen und einem finsteren Schicksal. Das Unglück ist ausweglos:

»Arg ist die Welt
Ehbruch furchtbar,
Schwertzeit, Beilzeit,
Schilde bersten,
Windzeit, Wolfzeit,
bis die Welt vergeht –
nicht einer will
den andern schonen.«

Die geschilderten Episoden, wie man trotz der Namens- und Handlungsvielfalt leicht erkennt, berühren sich mit dem ersten Teil des Nibelungenliedes.

Auch der zweite Teil, der Untergang der Burgunden, ist im Sagengut der Edda enthalten, vor allem im ALTEN ATLI-LIED. Allerdings ist hier der Dreh- und Angelpunkt ein völlig anderer: Hier ist es Atli selbst, der die Burgunden, Gudruns Brüder, ins Hunnenland einlädt, weil er ihnen den Goldschatz rauben möchte. Seine Frau Gudrun warnt ihre Brüder vor der drohenden Gefahr; aber da verlangt es der Männerstolz oder auch ein grausiges Schicksal, die Einladung anzunehmen. Von Vorahnungen überschattet, reiten sie los:

»Die Tapferen ließen
zaumknirschende Rosse
übers Gebirg
und den Myrkwid traben;
es bebte ganz Hunnenland,
da, wo die Furchtlosen
spornten die Rosse
durchs grüne Gefild.«

Ebenso grimmig realistisch ist die Schilderung einer Meerfahrt im GRÖNLÄNDISCHEN ATLI-LIED:

»Sie ruderten rüstig,
zerbrachen den Kiel fast,
legten mit Rudern sich
zornig ins Zeug;
es rissen die Ruder-
bänder und -pflöcke;
sie machten ihr Schiff nicht
fest, gingen weiter.«

Kaum angekommen, werden die Burgunden überwältigt und gefesselt. Gunnar will nicht verraten, wo der Schatz versteckt ist, solange sein Mitwisser Högni noch lebt. Da bringt man ihm zum Zeichen ein herausgeschnittenes Menschenherz, aber das Herz zittert in der Schüssel, woran Gunnar erkennt: Das ist das Herz eines Feiglings, nicht Högnis! Als danach Högni wirklich getötet ist, lehnt es Gunnar erst recht ab, das Gold-Versteck im Rhein zu verraten, und wird zu den giftigen Schlangen geworfen.

Jetzt rächt sich Gudrun an Atli, aber nicht, wie später Kriemhild, für den Tod ihres ersten Mannes an ihren Brüdern, sondern für den Tod der Brüder. Ihre Strafe ist fürchterlich: Sie tötet zuerst Atlis Kinder, gibt ihm deren »Herzen mit Honig« zu essen, dann tötet sie ihn selbst, und zuletzt brennt sie den Palast samt allen Kriegern darin nieder.

Schon bei dieser Erzählung tun sich fast unüberbrückbare Widersprüche auf. Warum richtet sich Gudruns Haß gegen Atli, der doch die Mörder von Gudruns Mann Siegfried bestraft, und nicht gegen die Gattenmörder selbst? Verwirrende Fragen dieser Art, die nur durch geduldige Sagenforschung zu beantworten sind, werden auch beim Nibelungenlied an vielen Stellen auftreten. Immer wieder wird dort ein Detail aus den »alten Mären« in den nun fremden Kontext übernommen, oder eine völlig schleierhafte Passage erklärt sich nur noch – oft mehr schlecht als recht – durch den Rückgriff auf altes Liedmaterial.

Zuletzt ist die etwas jüngere THIDREKSAGA zu erwähnen, mit der – wie am Titel ablesbar – der Sagenkreis um Dietrich von Bern ins Spiel kommt. Högni ist jetzt ein Halbbruder der Burgunden, väterlicherseits stammt er von dunklen Zaubergeistern ab. Sigurd trifft auch hier Brünhild, aber in einer Burg, ganz ohne Flammenwall und

Schildzaun; er heiratet später Gudrun (weil sie, so die bizarre Begründung, anders als Brünhild einen Bruder habe) und betreibt Gunnars Heirat mit Brünhild.

Deren Hochzeitsnacht verläuft ebenso peinlich wie im Nibelungenlied, aber Sigurd tauscht mit dem Gedemütigten die Kleider und überwindet für ihn Brünhilds »Magdtum«. Es folgen der Streit der Königinnen und Sigurds Ermordung durch Högni.

Die weitere Erzählung entspricht dem zweiten Teil des Nibelungenliedes: Gudrun heiratet Atli und überredet ihn zur Einladung an die Brüder, an denen sie sich rächen will. Der Kampf – erst im Garten, später in den Straßen – endet mit dem Tod der Burgunden, wonach dann Thidrek die unerträglich grausame Gudrun erschlägt.

Wenn man nun die oft verwickelten Varianten einmal beiseite läßt, schält sich so etwas wie ein Handlungskern heraus. Im ersten Teil erleben wir eine Art Gesellschaftsstück mit früherer Verlobung, Werbungsbetrug, Hochzeit mit einer anderen, daraus entstehendem Streit und abschließendem Mord. Im zweiten Teil sehen wir vor allem einen fürchterlichen Kampf, der mit der völligen Vernichtung der Verlierer endet. Eine Geschichte wird nicht dadurch besser, daß sie eine wahre Geschichte ist. Trotzdem suchen Philologen mit überraschender Unermüdlichkeit immer wieder nach historischen Bezugspunkten für das Nibelungenlied.

Was den ersten Teil betrifft, so ist die Fahndung im ganzen ergebnislos geblieben – bei den gewissermaßen intimeren Szenen war das eigentlich zu erwarten. Zwar gab es einen Merowingerkönig namens Sigibert, der sich um das Jahr 566 mit einer westgotischen Königstochter Brunhild vermählte. Das ist aber auch schon fast alles. Die übrigen königlichen Verwandten passen nicht mehr so recht ins Bild: Sigibert hat einen Bruder, der zuerst mit Brunhilds Schwester verheiratet ist, sie dann aber ermordet und seine frühere Konkubine heiratet, woraufhin Brunhild ihren Mann zum Krieg gegen den Bruder antreibt, in dem er dann hinterrücks ermordet wird. Um dieses Familiendrama einigermaßen mit dem Nibelungenlied zu harmonisieren, müßten zahlreiche Personen umgetauft und ganze Szenen umgeschrieben werden.

Noch abenteuerlicher mutet uns heute der Versuch an, der besonders gern in der ersten Hälfte des 19. Jahrhunderts unternommen wurde: Siegfried mit Hermann, dem Cheruskerfürsten, zu identifizieren. Die Beweislage ist abermals dürftig: Beide Helden werden in jugendlichem Alter von Verwandten ermordet. Nach 1945 lebte die These noch einmal auf, nun mit einem anderen Argument: Der Sieg Hermanns über die Römer im Teutoburger Wald sei später als (Siegfrieds) Drachenkampf mythisch überhöht und ausgeschmückt worden. Beide Begründungen zählen heute eher zu den Kuriosa der Forschung.

Im zweiten Teil des Nibelungenlieds jedoch, der Kampfbeschreibung, bewegen wir uns auf etwas festerem Boden. Hier finden wir den geschichtlichen Hunnenkönig Attila (nordisch Atli, mittelhochdeutsch Etzel), der im Jahr 453 auf ziemlich unheldische Art ums Leben kam: durch einen Blutsturz in der Hochzeitsnacht mit einer Germanin namens Hildico. Ein solcher Tod führte die Geschichten-Erzähler seiner Zeit zwangsläufig zu allerlei Verdächtigungen: Hatte Hildico dabei die Hand im Spiel? Und wenn ja, war ein anderer Grund als Rache überhaupt denkbar?

Auch ein Burgundenkönig Gundahar (Gunther) ist historisch belegt. Er eroberte zwischen den Jahren 406 und 412 rechtsrheinische Gebiete und gründete dort eine

Art Bundesstaat (nur haben wir bis heute keinen Beweis dafür, daß seine Hauptstadt tatsächlich Worms war, wie das Nibelungenlied behauptet). Im Jahr 436 oder 437 wird er von einem Hunnenheer, das vermutlich zu den Hilfstruppen des römischen Feldherrn Aëtius gehört (aber nicht von Attila geführt wird), vernichtend geschlagen. Die Geschichtsschreiber erzählen mit lang nachhallendem Schrecken von den zwanzigtausend Toten dieser Schlacht; die gesamte burgundische Königsfamilie fand dabei den Tod. Die Überlebenden siedelt Aëtius vorsichtshalber im Ausland an, in der Gegend von Lyon, dem späteren Burgund.

Man sieht: Die Gerüchte um den mysteriösen Tod Attilas konnten sich leicht zur altnordischen Sagen-Variante der Rache an Etzel verdichten, während der Burgunden-Untergang sich gut zu Kriemhilds Rache an den eigenen Brüdern verarbeiten ließ.

Das Nibelungenlied verführt noch aus einem anderen Grund zur Verknüpfung mit der Realität. Es nennt nämlich eine große Zahl von Ortsnamen, die sich fast alle zuordnen lassen. So zum Beispiel ist der Schauplatz im ersten Teil überwiegend die »Hauptstadt« Worms. Weiter im Norden, in Xanten am Niederrhein, liegt die Heimat Siegfrieds. Zwar: Wie im zweiten Teil die Hunnen auf dem Weg zu Etzel von Worms an die Donau kommen, wird im Text nicht durch Ortsangaben erläutert (was natürlich wieder zu munteren Spekulationen aufruft). Aber donauabwärts reihen sich die im Text genannten Orte wie im Reiseführer auf: Moeringen (heute: Großmehring unterhalb Ingolstadt), Vergen (Pförring), dann Passau, Everdingen (Eferding), Bechelaren (Pöchlarn), Medelicke (Melk), Mutaren (Mautern), Tulne (Tulln), Wiene (Wien), Zeizenmure (Zeiselmauer) und Heimburc (Hainburg).

Auf den ersten Blick ist die Nennung so vieler und meist kleiner Ortschaften erstaunlich, denn zum Fortgang der Handlung tragen sie kaum etwas bei. Offenbar führt uns der Verfasser hier seine präzisen Ortskenntnisse vor. Wir Heutigen sind ihm dafür sogar dankbar – aus einem philologischen Grund: Der Dichter des Nibelungenliedes ist anonym; aber mit seinen ausgebreiteten Geographie-Kenntnissen verrät er uns immerhin, daß seine Heimat mit hoher Sicherheit Süddeutschland war.

Der Autor

Er hat uns seinen Namen verschwiegen. Alles, was wir über ihn wissen, ist aus dem Text und anderen Indizien zusammengetragen.

Diese Detektivarbeit beginnt mit Überlegungen zum möglichen Zeitpunkt der Niederschrift des Nibelungenliedes. Hierbei kommt den Philologen ein Detail zu Hilfe. Es tritt im Text nämlich ein Küchenmeister auf, ein ganz und gar unheroischer Ritter Rumold, der in der Strophe 1467 den Burgunden rät, der Einladung Etzels nicht zu folgen, sondern es sich daheim wohl sein zu lassen: »Wo in aller Welt könnte es Euch jemals besser gehen als hier? Ihr könnt vor Euren Feinden sehr sicher sein. Schmückt Euch mit prächtigen Kleidern, trinkt den besten Wein und genießt die Gunst der schönen Frauen.«

Eine deutliche Anspielung auf diese Stelle hat man nun im PARZIVAL des Wolfram von Eschenbach gefunden (im achten Buch, in den Versen 420,25ff). Dort erzählt Wolfram von dem Rat eines Rumold an die »kühnen Nibelungen, an denen man Rache dafür nahm, was zuvor Siegfried geschehen war«. Es drängt sich also die Vermutung auf, daß Wolfram das Nibelungenlied gekannt hat (um die Angelegenheit kompliziert zu machen: Es könnte, meinen einige, natürlich auch umgekehrt sein, das heißt, der Autor des Nibelungenliedes könnte den PARZIVAL gekannt und die Anekdote von dort übernommen haben).

Glücklicherweise wissen wir von Wolframs Werk, daß er das achte Buch um 1204 oder 1205 geschrieben hat, und auf diese Weise kommt man zu dem Schluß, das Nibelungenlied muß vor 1205 entstanden sein. Da seine Reime von so ausgefeilter Reinheit sind, wie man sie vor 1190 in der deutschen Literatur nicht antrifft, so ergeben sich als wahrscheinlichste Entstehungszeit die Jahre um 1200.

Jetzt setzt eine andere Überlegung ein. Man weiß, daß die Abfassung eines so umfangreichen Werkes wie des Nibelungenliedes zu jener Zeit nicht überall so ohne weiteres möglich war. Dafür war der Schreibstoff, das mühsam aus Schaffell gewonnene Pergament, viel zu teuer. Und außerdem fehlte ein Publikum, das einen freischaffenden Autor auch nur notdürftig hätte ernähren können. »Im Prinzip gab es nur zwei Möglichkeiten: Der Dichter war entweder im institutionellen Rahmen der Kirche tätig – etwa als Mönch in einem Kloster –, oder er arbeitete unter dem Patronat eines finanzkräftigen Gönners.« (J. Heinzle)

Nun ist es auffällig, daß eine bestimmte Person, die für die Handlung noch unwesentlicher ist als die obengenannten Orte, im Text ganz besonders hervorgehoben wird. Es ist der Bischof von Passau: Er erhält einen eigenen Namen (Pilgrim), er ist mit Kriemhild verwandt (ihr Onkel), und jeder im Nibelungenlied, der irgendwie durch Passau kommt, wird von ihm gastfreundlich empfangen. Wenn es jetzt gelänge, einen literaturfreundlichen und dazu mäzenatischen Passauer Bischof historisch zu belegen, dann hätten wir die Produktionsbedingungen, unter denen ein mittelalterlicher Autor das Nibelungenlied hätte schreiben können.

Einen solchen Kirchenfürsten gab es tatsächlich: Von 1191 bis 1204, also genau während der vermutlichen Abfassungszeit des Textes, hatte Passau einen kunstsinnigen und großzügigen Bischof namens Wolfger von Erla. Wir kennen seinen Namen dank seiner genauen Buchführung, denn aus seiner Kanzlei stammt eine Rechnung vom 12. November 1203, die besagt, daß Walther von der Vogelweide vom Bischof für den Kauf eines Pelzrocks »v. sol. longos« erhalten habe; und das war kein geringer Lohn: Für fünf »solidi longi« konnte man sich damals einen Pelz beschaffen, der dem eines Bischofs schon recht nahekam.

Die Verbindung zu einem Passauer Bischof Pilgrim ist auch in der literarisch minderen, für unsern Fall aber interessanten Fortsetzung des Nibelungenliedes erwähnt, in der sogenannten KLAGE. Dort, im Epilog, wird verblüffend ausführlich berichtet, wie die Aufzeichnung der schrecklichen Ereignisse zustande kam: »Bischof Pilgrim von Passau befahl aus Liebe zu seinen Neffen, diese Geschichte aufzuschreiben, wie sie sich ereignet hat, in lateinischer Sprache, daß sie als wahr verbürgt sein sollte für jeden, der später von ihr hörte, von Anfang an, wie sie anhob und begann und wie sie endete, von den Leiden der tapferen Helden und wie sie alle den Tod fanden. Das ließ er alles aufschreiben. Nichts davon ließ er übergehen, denn der Spielmann hatte ihm genau Auskunft gegeben, wie es ergangen war und sich ereignet hatte; denn er hatte es gehört und gesehen, er und viele andere Männer. Die Geschichte wurde niedergeschrieben von seinem Schreiber, Meister Konrad.«

Was hier wie eine veritable »Geburtsurkunde« aussieht, ist möglicherweise eine jener zahlreichen Herkunftserfindungen (»fabulistischen Quellenangaben«), wie sie im Mittelalter zu Dutzenden angefertigt wurden. Welchen Stellenwert oder gar welche Form dieses angeblich lateinische Nibelungenlied hatte, welche Verläßlichkeit dem angeführten Augenzeugen und der Nennung des Schreibernamens zukommt, ja welchen Glauben man dieser Nachricht überhaupt schenken darf – all das wurde jahrzehntelang, unter Aufbietung mächtiger Argumente und Phantasien streitbar diskutiert. Die wissenschaftliche Skepsis behielt dabei das Übergewicht, obwohl man neuerdings wieder eher geneigt scheint, die Kernaussage der KLAGE-Stelle für wahr zu halten.

So viel jedenfalls steht fest: Die Entstehung unseres Textes hat eng mit Passau zu tun. Das Nibelungenlied lag hier sozusagen in der Luft. Vermutlich ist in Passau sogar eine mittelhochdeutsche Vorstufe dazu aufgezeichnet worden. Und unser gesuchter Autor war mit hoher Wahrscheinlichkeit ein gebildeter Kleriker, aber kein Geistlicher aus der Umgebung des Passauer Bischofs. Wenn man es recht bedenkt, sind wir gut beraten, uns mit dieser Auskunft zufriedenzugeben. Jede Identifizierung, die darüber hinausgeht, wird schnell zur Spekulation.

Gleichwohl hat man immer wieder versucht, dem anonymen Dichter einen Namen zu geben – am besten einen schon prominenten Namen. Der Lieblingskandidat dafür war naturgemäß Walther von der Vogelweide (die letzte Untersuchung mit dieser Behauptung stammt aus dem Jahr 1985): Offenbar ist der Gedanke, daß der erste große Lyriker deutscher Sprache auch das Nibelungenlied geschrieben habe, unwiderstehlich. Aber auch andere Schriftsteller wurden aufgeboten, Wolfram von Eschenbach zum Beispiel, Konrad von Würzburg oder Rudolf von Ems, sogar der in jeder Hinsicht sagenhafte, historisch gar nicht existente Heinrich von Ofterdingen. Auch der in der KLAGE genannte »Aufschreiber«, Meister Konrad, wurde zeitweise für den wahren Autor gehalten.

Eine etwas isolierte These nimmt an, daß der Autor kein Mann war, sondern eine Frau. Der nach eigener Auskunft nicht wissenschaftliche, sondern »volkstümlich-polemische« Aufsatz mit dem Titel »Die wichtigsten Verdachtsmomente für eine weibliche Verfasserschaft des Nibelungenliedes« von Berta Lösel-Wieland-Engelmann erschien 1983 in der Zeitschrift FEMINISMUS. INSPEKTION DER HERRENKULTUR. Demnach war die Autorin eine Nonne des Passauer Benediktinerinnen-Klosters Niedernburg (das 1804 aufgehoben wurde). Die Argumentation benützt allerdings das zweifelhafte Mittel der Verschwörungstheorie: »Kriemhild und Brünhild als Vertreterinnen eines zu selbständigen und zu selbstbewußten Frauentums sind über Jahrhunderte hinweg abgewertet worden. Durch den Taschenspielertrick des Benutzes [sic] einer gefälschten Handschrift hat man sich dann bestens gegen frauenfreundliche Kommentare des NL abgesichert ... Kriemhild und Brünhild sind beide sehr aktive, selbständige und selbstbewußte Frauen, die es nicht dulden wollen, daß Männer ›korrigierend‹ in ihre Lebensgestaltung eingreifen. So sind wir deutschen Frauen in der eigenartigen Lage, in der Form des Nibelungenliedes ein sehr frühes ›feministisches Manifest‹ zu besitzen.«

Das Jahrhundert der Philologie

In einem Radio-Interview mit dem Titel »Wie entsteht ein Gedicht?« begann Gottfried Benn seine Antwort mit dem programmatischen Satz: »Ein Gedicht entsteht nicht; ein Gedicht wird gemacht.« Auch das Nibelungenlied wurde gemacht – von einem guten Dutzend Philologen.

Man muß dazu wissen: Literatur des Hochmittelalters besitzen wir nie in der Form eines schriftlichen Dokuments aus der Hand des Autors, sondern immer nur als sehr viel spätere Kopien und Kopien von Kopien, die im Lauf der Zeit – durch versehentliche Schreibfehler oder nicht selten in bewußter Absicht – starke textliche Veränderungen erfuhren.

So gesehen, gibt es eigentlich nicht ein Nibelungenlied, sondern mehrere. Insgesamt wurden bis heute 35 Handschriften gefunden, die meisten davon sind Fragmente. Üblicherweise werden vollständige Handschriften mit einem Großbuchstaben bezeichnet, Fragmente mit einem Kleinbuchstaben (so daß die Zahl unserer Buchstaben in diesem Fall noch reicht). Die drei wichtigsten Handschriften des Nibelungenliedes wurden nach den ersten Buchstaben des Alphabets A, B und C genannt. Die Frage, welche der drei (oder eine ganz andere?) *das* Nibelungenlied enthält, hat das gesamte 19. Jahrhundert beschäftigt.

In der Vergabe der Buchstaben verrät sich eine gewisse Rangfolge. Sie geht auf den Philologen Karl Lachmann zurück, der Anfang des 19. Jahrhunderts diese Bezeichnungen vergab: A war für ihn die wertvollste Handschrift, weil sie seiner Meinung nach trotz ihres jüngeren Alters den Originaltext am getreuesten wiedergab. Mit Einschränkungen galt dies auch noch für B, während C in seinen Augen lediglich eine späte Bearbeitung war.

Steckbrief

Es gibt nicht einen einzigen Text des Nibelungenliedes, sondern mehrere. Es ist in 35 voneinander abweichenden Handschriften überliefert, die aus dem 13. bis 16. Jahrhundert stammen (zur Zeit des frühen Buchdrucks war der Text unbekannt). Die drei wichtigsten Handschriften sind:
– die Handschrift A, die Hohenems-Münchener Handschrift aus dem letzten Viertel des 13. Jahrhunderts; sie wurde 1779 gefunden und enthält 2316 Strophen; sie liegt heute in der Staatsbibliothek München.
– B, die St. Galler Handschrift, die seit 1768 in der dortigen Stiftsbibliothek aufbewahrt wird; sie ist mit 2376 Strophen etwas länger als A; die wertvolle Prachthandschrift ist zwischen 1225 und 1275 entstanden und enthält außer dem Nibelungenlied auch die sogenannte KLAGE, Wolfram von Eschenbachs PARZIVAL und kleinere Werke. Gegenüber A fehlen drei Strophen, 63 neue sind hinzugekommen. A und B enden mit der Zeile »Daz ist der Nibelunge nôt«, weshalb man diese Handschriften auch die »nôt-Gruppe« nennt.
– die Handschrift C, die der Arzt Obereit 1755 entdeckte, auch Hohenems-Laßbergische oder Donaueschinger Handschrift genannt; sie stammt aus der ersten Hälfte des 13. Jahrhunderts und umfaßt 2439 Strophen. Hier endet die letzte Zeile mit »daz ist der Nibelunge liet«, und so zählt man diese Handschrift zur »liet-Gruppe«. Den Original-Text aller drei Handschriften kann man sich unter
http://www.univie.ac.at/Germanistik/On_Text.htm
als zip-Datei herunterladen.

Mit Lachmann beginnt eigentlich erst die wissenschaftliche Beschäftigung mit dem Nibelungenlied. Vom Studium her war sein Spezialgebiet die antike Klassik, aber dann erwachte bei ihm das Interesse für die altdeutsche Literatur. Im Frühjahr 1816 habilitierte er sich in Berlin mit einer aufsehenerregenden Studie ÜBER DIE URSPRÜNGLICHE GESTALT DES GEDICHTS VON DER NIBELUNGE NOTH. Darin übertrug er eine Entstehungstheorie, wie man sie auf die Homerischen Epen anwendet, auf das mittelhochdeutsche Epos: Er meinte, auch dieses sei aus zwanzig ursprünglich selbständigen Einzelliedern entstanden, die ein »Sammler« oder »Ordner« in die vorliegende Form des Nibelungenliedes gebracht habe.

Zwangsläufig forderte die These den Widerspruch der Kollegen heraus. Zu Lachmanns Lebzeiten hielt seine fast unbestrittene Autorität noch Kritik von ihm fern. Erst nach seinem Tod 1852 brach nun das aus, was als »Nibelungen-Streit« in die Literaturgeschichte einging, eine nicht nur in der Philologen-Zunft, sondern auch in der gebildeten Öffentlichkeit leidenschaftlich geführte Debatte. Plötzlich wird die Liedertheorie rundheraus abgelehnt; man wünscht sich wieder den einzigen, den sichtbaren Autor. Nun soll auch die Handschrift A plötzlich nicht mehr als ältester Text gelten, statt ihrer präferieren manche die Handschrift C, die dem »Original« angeblich am nächsten steht. Sehr schnell wird der Gelehrtenstreit persönlich und nimmt Töne an, die heute beleidigend klingen, im 19. Jahrhundert jedoch weithin üblich waren.

Wenn etwa ein Kritiker die Anhänger Lachmanns »Nachtreter« nennt, mag das noch humoristisch zu nehmen sein. Friedrich Zarncke, ein Lachmann-Schüler, spricht aber schon von den »Brutalitäten« und »ordinären Ausfällen« seiner Gegner. Einer von ihnen wirft ihm in einer Rezension »naive Sudelei« vor. In einer Lachmann-freundlichen Streitschrift von 1859, NIBELUNGENLIED ODER NIBELUNGENLIEDER?, findet ein Rezensent »erstaunlichste Resultate einer unmündigen Phantasie«. Ein anderer Gegner Lachmanns will diesem sogar eine Fälschung der

Handschrift A nachweisen, was wiederum Heinrich Heine im LITERARISCHEN CENTRALBLATT FÜR DEUTSCHLAND als »kritikloses Geschwätz« brandmarkt (1862).

Der Streit endet erst mit dem Jahrhundert – in Ratlosigkeit und Verstörung. Man weiß nun gar nicht mehr: Ist der Dichter des Nibelungenliedes »das Volk« (so Lachmann, der Romantiker) oder ein einzelner, wenn auch unbekannter Autor?

Da erscheint 1905 in Dortmund eine kleine philologische Studie des Schweizers Andreas Heusler, LIED UND EPOS IN GERMANISCHER SAGENDICHTUNG. In ruhiger, sicherer Sprache widerlegt er die »Liedertheorie«. Der Dichter des Epos habe zwar Inhalte aus verschiedenen Quellen (auch Liedern) geschöpft und zusammengetragen, sie dabei aber stilistisch gründlich umgearbeitet: Aus der »liedhaften Knappheit« sei die »epische Breite« geworden; von bloßer Sammlung könne also keine Rede sein: »Das Epos verhält sich zum Liede wie der weitverästelte Baum zur jungen Pflanze« und nicht, wie Lachmann meinte, wie eine Allee zum einzelnen Baum.

Das souverän klärende Wort fand sofort weite Verbreitung und verwies den Nibelungen-Streit endgültig ins eben vergangene Jahrhundert. Wenig später (1921) veröffentlichte Heusler dann sein ebenso einprägsames und anschauliches Buch NIBELUNGENSAGE UND NIBELUNGENLIED. Darin legt er zwei Überlieferungsstränge fest: die Brünhildsage und die Burgundensage; erstere mündet über zwei Lieder als Vorstufen ins Nibelungenlied, letztere ebenfalls über zwei Lieder und zusätzlich ein österreichisches Epos (die sogenannte »Ältere Not« von 1160). Damit hat das Nibelungenlied nun einen erfreulich einfachen Stammbaum (wissenschaftlich »Stemma« genannt): Genau fünf Dichter haben die schöpferische Vorarbeit geleistet, bevor der letzte, der Dichter des Nibelungenliedes, beide Stränge zu einem Werk vereint hat.

Von diesem Dichter weiß Heusler sechs Tätigkeiten mitzuteilen (und wieder läßt sich die bildhafte Genauigkeit seiner Wissenschaftsprosa bewundern): »Er hat erstens die beiden Sagen zu *einem* Dichtwerk verkettet. Darum hat er zweitens eine einheitliche Form durchgeführt, und zwar die Langstrophe der größeren Quelle. Drittens hat er beide Teile innerlich einander angeglichen. Das Ganze hat er viertens höfisch verfeinert, in der Sittenschilderung wie im Seelenleben. Er hat fünftens Sprache und Vers den Ansprüchen der Zeit gerecht gemacht. Sechstens endlich hat er ausgeweitet, bereichert, und zwar gab er den beiden Teilen ungefähr gleiches Maß.«

Heuslers Darstellung hat den Charme souveräner Klarheit. Vor allem aus diesem Grund besaß sein Stemma während zwei, drei Generationen kanonische Gültigkeit. Mit den Jahrzehnten und durch neuere Fragestellungen wuchs natürlich auch die Kritik daran. Aber noch gegenwärtig muß die Philologie bekennen, daß sie zwar die Starrheit von Heuslers Schema aufgebrochen habe, aber nichts ebenso Überzeugendes an seine Stelle setzen kann. Derzeit gerät zwar die Bedeutung der ursprünglichen »Lieder« erneut ins wissenschaftliche Interesse, es gibt jedoch keinen maßgeblichen Anhänger der Lachmannschen Liedertheorie mehr.

Die zeitgenössische Nibelungenlied-Philologie hat zwei besondere Kennzeichen, nämlich hohe Entdeckerfreude im Detail und Zurückhaltung im ganzen. Differenzierende Untersuchungen, etwa zum Verhältnis zwischen Rolle und Charakter der handelnden Personen oder zur Gesellschafts- und Ideologiekritik im Werk, moderne Disziplinen wie Rezeptionsästhetik und Kultursoziologie, aber auch im engeren Sinn literaturwissenschaftliche Studien zur Gattungsfrage oder zur Erzählstruktur beweisen die Vielfalt der möglichen und oft ergebnisreichen Herangehensweisen.

Im ganzen ist eher eine Beschränkung auf gesicherte Fakten, eine skeptische Nüchternheit zu beobachten, wenn beispielsweise Otfrid Ehrismann seinem umfassenden Buch über das Nibelungenlied den betont sachlichen Untertitel »Epoche – Werk – Wirkung« gibt. Das durch keine Tatsachen gehemmte Phantasieren, dem sich eine frühe Nibelungenlied-Forschung manchmal hingab, scheint für immer der Vergangenheit anzugehören.

Heute ist offenkundig auch das Bewußtsein dafür gewachsen, daß dieses aus so ungeklärten Verhältnissen stammende, von einem anonymen Dichter zu einem ungenauen Zeitpunkt niedergeschriebene Werk eine Reihe von Fragen aufwirft, die vielleicht nie mehr zu beantworten sind. Vielleicht ist sogar ein Zuviel an Forscherfleiß nicht nur vergebliche Mühe, sondern dem Verständnis des Nibelungenliedes geradezu abträglich. Es enthält ja aufgrund der heterogenen Herkunft des Stoffes so viele Unstimmigkeiten und falsche Anschlüsse, daß wir vor lauter Zurechtrücken leicht das Faszinierende der Erzählung aus den Augen verlieren. »Die scharfsinnigste Folgerichtigkeit«, meint auch Cola Minis (1992), ist letzten Endes »die größte Feindin der literarischen Mutter Natur«.

Untergänge

Die Sprache des Liedes

Es kommt beim Reden über das Nibelungenlied, insbesondere über die Heterogenität seiner Bestandteile, sehr darauf an, welche Metaphern man wählt, um das Neben- und Ineinander nordischer Sagenkerne und mittelhochdeutscher Inhalte zu beschreiben.

Benützt man zum Beispiel das eruptive Bild von einem häufigen »Durch-« oder »Hereinbrechen« der Heldensage in eine vornehme Ritter-Welt, so ist aus solcher Rede eine deutliche Vorliebe für die älteren »Vorstufen« des Nibelungenliedes herauszuhören; sie werden auf nicht geklärte Weise als kernig, echt und rein angesehen gegenüber einer verfeinerten, vielleicht dekadenten Gesellschaft. Benützt man aber für denselben Sachverhalt das eher textile Bild verschiedener »Stränge« oder »Fäden«, die ineinandergewoben ein uneinheitliches Aussehen ergeben, so ist damit keine Bewertung der verschiedenartigen Bestandteile verbunden. Es ist kaum überraschend, daß die Metapher vom »Durchbrechen« vor allem in der früheren Rede über das Nibelungenlied vorkommt, vor einigen Jahrzehnten aber durch das ausgewogenere Bild vom Text-Gewebe abgelöst wurde. Wir werden sehen, wie im 19. Jahrhundert die erschauernde Fixierung auf jenes angeblich authentisch »Durchbrechende« eine Gasse ins nur noch Germanische auftat (und damit vom Nibelungenlied wegführte), wohingegen eine ruhigere Betrachtung aller Facetten des Textes die höfische Gesellschaft des Mittelalters in den Blick faßt – samt ihrer dunklen Untergründe und Vergangenheiten. Abgesehen von diesen Bewertungsfragen, bietet das Nibelungenlied noch eine zweite, versteckte, aber viel gewichtigere Verständnisschwierigkeit – seine Sprache, das Mittelhochdeutsche.

Diese Entwicklungsstufe des Deutschen, historisch die Zeit etwa zwischen dem 11. und dem 14. Jahrhundert, steht in vielen Charakteristika dem heutigen Neuhochdeutschen sehr nahe. Manches Wort klingt wie im heutigen Schwyzerdütsch, etwa »mîne herren«, anderes wie im Bairischen, zum Beispiel »du muost«. Nicht wenige Zeilen scheinen auch beim stillen Lesen problemlos verständlich, etwa die berühmten Eingangsverse

»Uns ist in alten maeren wunders viel geseit
von helden lobebaeren, von grôzer arebeit.«

Man mag hier vielleicht noch die Bedenken der Philologie, was denn mit »alten maeren« gemeint sei, ungeduldig beiseite schieben und »arebeit« einfach als »Arbeit« auffassen. Und in der Tat gab es zu Anfang des 19. Jahrhunderts Versuche, das Nibelungenlied auf diese Weise zu »erneuern«, wie es etwa ohne viel Federlesens Friedrich Heinrich von der Hagen (1807) versuchte: »Uns ist in alten Mähren wunders viel gesait, / Von Helden lobebaren, von großer Arebeit.« Der Wille, dem Text eine gewisse Verständnisferne zu lassen, ist zwar an der Verwendung so seltsamer Bildungen wie »lobebaren« und »Arebeit« erkennbar, aber gleichzeitig wird hier suggeriert, das mittelhochdeutsche »arebeit« bedeute ungefähr dasselbe wie unser neuhochdeutsches Wort »Arbeit«. Das aber ist, trotz des verführerischen Gleichklangs, nicht der Fall. »Arebeit« in der

Nibelungenstrophe bedeutet nämlich »Mühsal, Beschwernis, Plage«.

Die wahre Bedeutung liegt also wie ein unsichtbarer Film zwischen uns und dem scheinbar verständlichen Wort. Sie ist eigentlich nur durch das Studium des Mittelhochdeutschen erfahrbar. Ohne diese Kenntnisse kommt beim unvorsichtigen Leser auf weite Strecken hin der Eindruck zustande, er wisse genau, was gemeint sei, während er in Wirklichkeit an allem Wesentlichen vorbeiläuft.

Der andere berühmte Übersetzer jener Zeit, Karl Simrock, beging zwar 1827 nicht den gleichen Fehler wie von der Hagen, sündigte aber auf eigene Weise. Er machte, um die gereimte Strophe beizubehalten, aus dem Nibelungen eine Art Biedermeier-Soap, indem er unbequeme Details durch Harmlosigkeiten ersetzte. Er reimte kühn und glatt. Aus den mittelhochdeutschen Zeilen »Die herren wâren milte von arde hôhe erborn / mit kraft umâzen küene, die recken ûz erkorn« wurde bei ihm: »Die Herren waren milde, dazu von hohem Stamm, / Unmaßen kühn von Kräften, die Recken lobesam.« Übersehen wurde dabei nur, daß »milte« nicht »milde« bedeutet, sondern »freigiebig«, mit einer klaren Assoziation von »Macht«, denn nur der Mächtige konnte großzügig sein.

Wenn man also beide Fallen umgehen will, das exotisierende Mittelalter-Talmi und die Einebnung in leichtgängiges Neudeutsch, dann bleibt dem Übersetzer nichts anderes als eine behutsam die Begriffe klärende Prosa. Diesen Weg ist Siegfried Grosse gegangen; bei ihm lauten die eben zitierten Zeilen: »Diese Herren aus hochadligem Geschlecht waren freigiebig und von unermeßlichem Tatendrang, kurzum: ungewöhnliche Ritter.« Der Verlust von Reim und Rhythmus fällt kaum ins Gewicht gegen die hohe Klarheit und Genauigkeit dieser Sprache (weshalb im folgenden auch aus dieser Übersetzung zitiert wird). Hier also der Inhalt der 39 Kapitel; ihr erster Teil endet mit dem Tod Siegfrieds, der zweite mit dem Untergang aller Burgunden.

Erster Teil

Kriemhild und Siegfried (1. bis 5. Aventiure)

Gleich zu Beginn werden die Hauptpersonen vorgestellt: Kriemhild und ihre mächtigen Brüder, die Burgunden-Könige Gunther, Gernot und Giselher sowie der ihnen untertane Hagen von Tronje und sein Bruder Dankwart. Eine vorbildliche Gesellschaft am Königshof in Worms:

»Von der bedeutsamen Macht dieses Hofes, der weiten Wertschätzung seiner Bewohner, ihrer ausgeprägten Würde und Ritterlichkeit, das heißt von all dem, was diese Herren sich lebenslang in froher Geselligkeit als Ziel vorgenommen hatten, könnte euch bestimmt niemand die ganze Wahrheit berichten.« »Mitten in dieser höfischen Pracht« tut sich bereits der erste, noch symbolische Abgrund auf: Kriemhild träumt, wie zwei Adler ihren schönen Falken töten. Kriemhilds Mutter sieht darin, vorausahnend, den Tod eines geliebten Mannes. Kriemhild weist jeden Gedanken an einen Mann von sich, niemals will sie »aus Liebe zu einem Mann Leid erfahren«.

Im zweiten Kapitel tritt »der Sohn eines edlen Königs« aus Xanten in den Niederlanden auf: »Siegfried hieß der vorzügliche, kampfgewandte junge Mann«, sorgfältig erzogen, schön gewachsen, begehrenswert und von täglich höherem Ansehen. Eines Tages hört er von Kriemhild – und will sie heiraten. Die Eltern warnen ihn vor dem fin-

Das Nibelungenlied besteht aus 39 »Aventiuren« (damit sind Kapitel gemeint, nicht etwa »Abenteuer«). Der erste Teil in den Aventiuren 1 bis 19 erzählt vor allem die Jugend Siegfrieds, die Werbung um Kriemhild, den Betrug bei Gunthers Werbung um Brünhild, den Streit der Königinnen Brünhild und Kriemhild und Siegfrieds Ermordung. Der zweite Teil in den Aventiuren 20 bis 39 bringt Etzels Werbung um Kriemhild, die Einladung der Burgunden an Etzels Hof, ihre Reise zu Etzel und schließlich den Kampf, in dem alle Burgunden untergehen.
Insgesamt vergeht im Nibelungenlied eine Zeit von über 35 Jahren (damit wäre Hagen bei den Hunnen etwa achtzig Jahre alt – aber die Personen altern hier nicht). Allein die 19. Aventiure an der Nahtstelle der beiden Teile umfaßt einen Zeitraum von 19 Jahren, die letzten acht Aventiuren erzählen nur 24 Stunden.

steren Hagen, aber Siegfried droht, sich das Gewünschte mit roher Kraft zu holen: »Ich traue mir zu, ihnen Land und Leute gewaltsam zu nehmen.« So grobe Rede wird von seinem Vater kritisiert: Er stehe mit Gunther in gutem Verhältnis.

Damit Siegfried nun standesgemäß reisen kann, sitzen »schöne Damen Tag und Nacht« und gönnen sich keine Ruhe, »bis sie die Ausrüstung für Siegfried fertiggestellt« haben. Beim Abschied ruft er den besorgten Eltern übermütig zu: »Nie braucht ihr eine Gefahr für mein Leben zu befürchten.«

So kommen er und seine zwölf Ritter in Worms am Hof der Burgunden an. Da niemand weiß, wer die bemerkenswerten Gäste sind, wird Hagen geholt (»der versteht etwas von fremden Ländern«). Aber auch ihm sind sie unbekannt.

Was jetzt kommt, verrät zum ersten Mal die Arbeit des Autors, der nicht auf die spannenden Abenteuer der Edda verzichten möchte. Die Einfügung gelingt nicht ganz, zu unhöfisch und zu märchenhaft sind diese älteren Geschichten. Hagen spricht nämlich mit einem Mal von einem gewissen Siegfried; er hat ihn zwar noch nie gesehen, aber der junge Mann da unten im Hof scheint ihm doch jener Siegfried zu sein.

Und nun erzählt Hagen knapp die wilde Jugend Siegfrieds, wie wir sie sonst nur aus den eddischen Liedern kennen, in märchenhaften Details: Siegfried und das Zwergengeschlecht der Nibelungen, die ihn darum bitten, einen ungeheuren Schatz zwischen ihnen aufzuteilen, wofür er eine Tarnkappe und das Schwert Balmung geschenkt bekommt; dann erschlägt er die zwölf Riesen der Nibelungen, dazu siebenhundert Krieger und zuletzt ihre zwei Könige; er versteckt den Schatz wieder in der Höhle; er soll auch einen Drachen getötet und in dessen Blut gebadet haben, was seine Haut unverwundbar gemacht hat. Man stelle sich also besser gut mit einem solchen Mann, meint Hagen diplomatisch.

Das geschieht denn auch in aller Umsicht: »Der Landesherr und seine Gefolgsleute empfingen den Gast so, daß ihnen aber auch kein einziger Fehler in den höfischen Regeln unterlief.« Siegfried dagegen benimmt sich unpassend und grundlos aggressiv, wie damals bei den Zwergen. Er will den Königen, »ganz gleich, ob es jemandem gefällt oder nicht, alles abzwingen«, was sie besitzen, Land und Leute (kein Wort von Brautwerbung). Nur durch die Selbstbeherrschung der Burgunden wird ein blutiger Streit vermieden, und Siegfried wird gastlich aufgenommen und unterhalten. Und plötzlich ist der Ungebärdige wieder der gesittete Gentleman: »Wo immer die hochgestimmten Ritter vor den Damen ihre Spiele zeigten und ihre höfische Bildung entfalteten, da sah man den Helden aus Niederland gern.« Jetzt tritt auch wieder der Gedanke an Kriemhild in den Vordergrund. Sie hat den jungen Gast zwar schon einige Male von weitem betrachtet, aber während Siegfried – ein ganzes Jahr! – am Wormser Hof seine Zeit verbringt, treffen sich die beiden kein einziges Mal.

Als die Sachsen mit Krieg gegen die Burgunden drohen, stellt sich Siegfried urplötzlich in Gunthers Dienst. Großspurig verkündet er: »Wenn Eure starken Gegner über dreißigtausend Ritter verfügen sollten, so wollte ich sie alle besiegen.« Natürlich werden die Sachsen und ihre dänischen Verbündeten geschlagen. In einem langen Bericht erfährt Kriemhild von dem Sieg und ist erleichtert, daß ihr Liebster lebt.

Endlich, im fünften Kapitel, begegnen sich die beiden zum ersten Mal. Bei einem großen Pfingstfest tritt Kriemhild auf, »wie das Morgenrot, wenn es aus trüben Wolken bricht«, begleitet von hundert oder mehr schönen Damen. Siegfried wird zu ihr geführt, und Kriemhild begrüßt ihn öffentlich, er verneigt sich vor ihr, und Hand in Hand gehen sie zusammen weiter. »Ob da etwa weiße Hände sanft in herzlicher Liebe gedrückt wurden, weiß ich nicht«, so der diskrete Autor, »doch ich kann nicht glauben, daß es unterblieb.«

Im Münster kann Siegfried kaum das Ende der Messe erwarten, um wieder mit der – immer noch heimlich – Geliebten das gesellige Leben am Hof zu genießen. Kein Gedanke mehr an eine Heimreise nach Xanten. Am Ende der fünften Aventiure hören wir wieder, wie schon oft vorher, eine Vorausdeutung auf kommendes Unheil: Siegfried ginge es ohne diese Liebe besser, denn ihretwegen »sollte der Tapfere später einen beklagenswerten Tod finden«.

Brünhild und Gunther (6. bis 11. Aventiure)

Jetzt drängt sich die Brünhild-Geschichte in die Erzählung – mit all ihren Turandot-Märchenmotiven. Gunther hat von einer nicht nur schönen, sondern ungeheuer starken Königin Brünhild im hohen Norden gehört. Jeder Bewerber muß sie in drei Sportarten übertreffen (Speerwurf, Steinwurf und Weitsprung), sonst verliert er sein Leben. Diese Brünhild möchte Gunther zur Frau. Hagen rät, Siegfried mitzunehmen, weil diesem bekannt sei, »wie es um Brünhild steht« (das ist der erste seltsame Hinweis auf eine Vor-Geschichte eddischer Herkunft, in der Siegfried und Brünhild sich schon einmal begegnet sind). Siegfried sagt Gunther seine Hilfe zu und erbittet dafür die Hand Kriemhilds.

Nur als kleine Gruppe, zu viert, wollen sie übers Meer fahren (»in recken wîse«, nämlich »wie einst die alten Krieger« der Vorzeit – der Ausdruck ist ein Überbleibsel der nordischen Erzählstränge), allerdings in ausgesucht kostbaren Kleidern. Kriemhild und dreißig Hoffräulein werden sie sieben Wochen lang zuschneiden und nähen. Nun folgen die Strophen, die oft als »Schneiderstrophen« verspottet werden, während sie dem mittelalterlichen Hörer signalisierten, wie mächtig diese Burgunden waren. Für die Kleider wird verwendet: Seide aus Marokko und Libyen, Seehundhaut, statt des minderwertigen Hermelins lieber Eichhörnchenfell, davon aber nur die Rückenpartien, Brokatstoffe sowie arabische Goldfassungen und Edelsteinbesatz.

Zwölf Tage sind sie auf See: Gunther, Hagen, Dankwart und Siegfried, der die Gefährten bittet, ihn vor Brünhild als ihren Lehnsmann zu behandeln (die Bitte ist unmotiviert, auch der nordischen Siegfriedsage ist sie fremd; allerdings trägt sie entscheidend zur späteren Dramatik bei). Bei der Landung, beobachtet von vielen schönen Damen in den Burgfenstern, führt Siegfried seinem »Lehnsherrn« Gunther das Pferd zu. Siegfried zeigt Gunther, welche der Damen da oben Brünhild ist (wieder ein unerklärter Hinweis darauf, daß er sie bereits kennt). Brünhild meint, Siegfried sei ihretwegen gekommen: »Wenn selbst der starke Siegfried aus Liebe zu mir in dieses Land gekommen ist, so geht es ihm ans Leben.« Sie spricht ihn auch als ersten an. Er aber verweist auf seinen »Herrn«, König Gunther, der um ihre Hand anhalte. Woraufhin Brünhild ohne weiteres Zögern die Kampfspiele organisiert.

Siegfried schleicht sich zum Schiff, schlüpft in die Tarnkappe und eilt unsichtbar zum Kampfplatz zurück. Der Speer wird von drei, der Stein von zwölf Männern herbeigeschleppt. »Um Gottes willen«, sagt Hagen, »was hat sich der König für eine Frau ausgesucht!« Siegfried flüstert Gunther zu, er werde die drei Taten vollbringen, der König brauche nur die entsprechenden Gebärden auszuführen. So geschieht es: Scheinbar wirft und springt Gunther weiter als die Königin. Danach läuft Siegfried zum Schiff zurück, legt die Tarnkappe ab, erscheint wieder auf dem Kampfplatz und fragt listig, wann denn der Wettstreit endlich beginne.

Die besiegte Brünhild versammelt ihre Krieger zur Abreise. Die Burgunden sind davon beunruhigt, und Siegfried bietet ihnen an, schnell tausend Krieger aus seinem märchenhaften Zwergenreich herzuholen. In wenigen Tagen – man weiß nicht, wie – ist er mit dieser prächtigen Heeresmacht wieder zurück, und die Reise nach Worms nimmt ihren Anfang. Siegfried wird mit der guten Nachricht vorausgeschickt nach Worms, wo ihn Kriemhild schon sehnlich erwartet.

Brünhild wird von Kriemhild herzlich empfangen. »Man sah, wie der Kopfputz mit weißen Händen zurechtgerückt wurde, als sie sich beide mit einem Kuß begrüßten. Das entsprach der höfischen Etikette.« Nach einem großen Fest zu Ehren Brünhilds erinnert Siegfried König Gunther an sein Versprechen, ihm die Hand Kriemhilds zu geben. In der gebotenen Form und Sitte findet die Verlobung statt.

Jetzt wird der dramatische Knoten geschnürt. Beim Fest sitzt Siegfried neben Kriemhild. Als Brünhild es sieht, bricht sie in Tränen aus. Gunther fragt sie nach dem Grund. Die Antwort: Sie sehe seine Schwester »neben deinem Leibeigenen sitzen«, durch eine so unstandesgemäße Heirat werde sie schmählich herabgesetzt. Gunther meint, das sei schon in Ordnung. Jetzt ist Brünhild hellwach und mißtrauisch, sie weiß, man verschweigt ihr etwas, und fordert von Gunther die ganze Wahrheit, andernfalls werde sie nicht das Bett mit ihm teilen. Die Erklärung, Siegfried sei in Wahrheit selbst ein König, beruhigt sie nicht.

Später, während Siegfried mit Kriemhild schläft (»si wart im sô sîn lîp«), muß Gunther erkennen, daß er »oft schon angenehmer bei anderen Frauen gelegen« sei. Brünhild sagt ihm nämlich beim ersten Liebesspiel: »Edler Ritter, laßt das sein, worauf Ihr Eure Hoffnung setzt!«, dann bindet sie ihm Füße und Hände zusammen und hängt ihn so gebündelt an die Wand. Erst als er verspricht, sie nicht anzurühren, befreit sie ihn aus der demütigenden Fesselung. Am nächsten Morgen bei der Messe gesteht er Siegfried die mißglückte Liebesnacht, und Siegfried sagt ihm erneut seine Hilfe zu.

Gunther bittet ihn, Brünhild zwar zu überwinden, aber ausdrücklich nicht mit ihr zu schlafen. Im Dunkeln versucht nun Siegfried, als wäre er Gunther, Brünhild zu bezwingen, aber selbst ihn packt sie und stopft ihn hinter eine Truhe. Erst im zweiten Anlauf kann er ihr den Gürtel abnehmen, der ihr so viel Kraft verlieh, und dazu auch noch einen Ring. Mit diesem Betrug »war der Kampf entschieden: Brünhild wurde Gunthers Frau«.

Danach reist Siegfried mit Kriemhild nach Xanten, um dort die Königswürde anzunehmen.

Brünhild und Kriemhild (12. bis 14. Aventiure)

Neun Jahre später lädt Gunther Kriemhild und Siegfried zu einem großen Fest nach Worms. Mit kostbaren Geschenken kommen sie an, besuchen mit zwölfhundert Rittern das Festmahl, anderntags das fröhliche Turnier und dann die Messe im Dom.

In dieser gehobenen Stimmung bricht zwischen den beiden Königinnen Streit aus. Kriemhild, vielleicht unbedacht: »Ich habe einen solchen Mann, daß alle diese Reiche in seiner Macht stehen sollten.« Brünhild wundert sich, denn Siegfried sei doch Gunthers Lehnsmann. Das Gespräch um den gesellschaftlichen Vorrang endet im Zerwürfnis: Man werde nicht mehr gemeinsam auftreten. Kriemhild befiehlt ihren Damen, die schönsten Kleider zu nähen (wieder ist die Kleidung der Ausdruck der höheren Rangstellung).

Bei der nächsten Begegnung vor dem Münster eskaliert der Streit in aller Öffentlichkeit. Brünhild verbietet Kriemhild, vor ihr in die Kirche zu gehen. Kriemhild: Wie könnte denn jemals aus der Geliebten, der »kebse« eines Lehnsmanns, eine Königin mit Vorrang werden? »Wen hâstu hier verkebset (eine Kebse genannt)?« fragt Brünhild. Dich, sagt Kriemhild, denn deinen schönen Körper hat zuerst nicht mein Bruder, sondern Siegfried geliebt.

Brünhild steht erschrocken, und Kriemhild zieht vor ihr in die Kirche ein. Nach der Kirche vollendet Kriemhild die Demütigung. Wiederum vor allen andern zeigt sie stolz den Ring an ihrem Finger und den Gürtel, den sie trägt: Beides habe Siegfried Brünhild abgenommen: »Ja, mein Siegfried wurde dein Mann.«

Brünhild beklagt sich bei Gunther, der sofort Siegfried holen läßt. Dieser beteuert, er habe nie behauptet, Brünhild besessen zu haben. Im übrigen sei das alles dummes Geschwätz, das man beiden Frauen überhaupt verbieten müsse.

Damit wäre die Sache formalrechtlich beigelegt. Was aber bleibt, ist die verletzte höfische Ordnung, die öffentliche Beleidigung der burgundischen Königin. Jetzt tritt Hagen in seine große Rolle ein. Er verspricht Brünhild, die Herabsetzung zu rächen – auch gegen allen Widerspruch der gastgebenden Burgunden. Er werde es heimlich anstellen, und mit diesem Dreh gewinnt er Gunther für den Mordplan.

Hagen und Siegfried (15. bis 19. Aventiure)

Hagens List ist eine fingierte Kriegserklärung der Sachsen: Siegfried bietet, wie erwartet, sofort seine Hilfe an. Man trifft mit ostentativem Aufwand die Vorbereitungen für den Kriegszug, und in dieser militärischen Aufgeregtheit geht Hagen zu Kriemhild, um ihr das Geheimnis von Siegfrieds Unverwundbarkeit zu entlocken. Er wolle ihren Mann beschützen, macht er ihr vor, er müsse dazu aber wissen, auf welche Weise. Und Kriemhild erzählt von dem Lindenblatt, das ihm beim Bad im Drachenblut zwischen die Schulterblätter gefallen sei: Das sei die verwundbare Stelle.

Sie wird Siegfried an der Stelle ein Kreuz auf den Rock nähen, damit Hagen weiß, worauf er zu achten habe. Danach wird der Scheinkrieg abgeblasen und statt dessen zur Jagd eingeladen, mit der Hagen Siegfried von Worms weglocken will.

Ein letztes Mal wird Siegfried als unbesiegbar dargestellt: einen Eber erschlägt er mit dem Schwert, einen Bären bringt er gefesselt ins Lager. Jetzt schlägt Hagen einen Wettlauf zu einer nahen Quelle vor. Siegfried kommt als erster an, beugt sich über das Wasser und trinkt. In diesem Augenblick schleudert ihm Hagen einen Speer genau auf die markierte Stelle zwischen den Schulterblättern. Siegfried, dem der lange Speer aus dem Körper ragt (»im ragete von dem herzen ein gêrstange lanc«), springt noch einmal auf, schlägt Hagen zu Boden, bricht dann aber zusammen.

Dem scheinbar trauernden Gunther sagt der Sterbende hellsichtig: »Es ist nicht nötig, daß derjenige den Schaden beweint, der ihn verursacht hat.« Hagen und Gunther vereinbaren, daheim zu erzählen, Räuber hätten Siegfried getötet.

Als Kriemhild berichtet wird, vor ihrer Tür liege ein toter Ritter, denkt sie sofort an Hagen und den angeblichen Schutz für ihren Mann. »Da erst traf sie der tiefe Schmerz.« Und damit geschieht eine tiefe Verwandlung mit ihr: »Mit Siegfrieds Tod schwor sie allen Freuden ab.«

Die Burgundenkönige sprechen Kriemhild am Sarg ihr Beileid aus, bestreiten aber jede Beteiligung. Kriemhild verlangt, daß jeder zum Zeichen der Unschuld an den Sarg trete. Als Hagen dasteht, fangen die Wunden des Toten erneut zu bluten an. Aber Gunther leugnet weiter: Räuber waren es, nicht Hagen. »›Mir sind die Räuber‹, entgegnete Kriemhild, ›nur zu gut bekannt.‹«

In allgemeiner Trauer wird Siegfried zu Grabe getragen. Aus Angst, Kriemhild könnte sich mit dem nach Worms gebrachten Schatz der Nibelungen eine neue Machtbasis schaffen, versenkt Hagen das Gold im Rhein.

Zweiter Teil

Kriemhild, Königin der Hunnen, lädt ein (20. bis 27. Aventiure)

Dreizehn Jahre später hält der mächtige Hunnenkönig Etzel um Kriemhilds Hand an. Sein Lehnsmann Rüdiger von Bechelaren, der die Burgunden seit langem kennt, trägt die Werbung vor. Nach einer Bedenkzeit von drei Tagen stimmen Gunther und seine Brüder zu, aber Hagen bleibt mißtrauisch: Kriemhild würde damit zu gefährlich. Kriemhild selbst lehnt zuerst ebenfalls ab, aus Trauer, aber auch weil Etzel Heide ist. Aber als Rüdiger ihr schwört, sie für alles ihr angetane Leid zu rächen, sagt sie ja.

Sie reist mit Rüdiger die Donau entlang bis Passau, wo sie von ihrem Onkel Bischof Pilgrim festlich empfangen wird, und weiter nach Bechelaren. Bei Tulln kommt ihr bereits Etzel mit großem Gefolge entgegen. Zu Pfingsten kommen sie in Wien an, und Etzel veranstaltet eine glänzende, siebzehntägige Hochzeit. Danach geht es zu Schiff bequem donauabwärts bis Etzelburg.

Sieben Jahre später wird dem Paar ein Sohn geschenkt und Ortlieb getauft. Noch einmal sechs Jahre später überredet sie Etzel (nachts im Ehebett, als sie wieder einmal an »ihre Feinde« denkt), die Burgunden zu einem Fest einzuladen. Den beiden Boten schärft sie ein, nichts von ihrer unstillbaren Trauer zu sagen und vor allem darauf zu achten, daß auch Hagen mitkommt. Die Burgunden beraten eine Woche lang über die Einladung und sagen dann zu, trotz der Warnungen Hagens (und des Küchenmeisters Rumold, der es in Worms einfach bequemer findet). Hagen bestimmt, daß die Könige von tausend ausgesuchten Kämpfern begleitet werden.

Am zwölften Tag kommen sie an die Donau (in diesem 25. Kapitel werden erstmals die Burgunden als »Nibelungen« bezeichnet). Zwei »weissagende Frauen« am Ufer verraten Hagen, die Burgunden seien nur eingeladen, um in Etzels Burg zu sterben: Alle, die dorthin reiten, »die habent den tôt an der hant«.

Hagen findet einen Fährmann und erschlägt ihn im Streit. Dann rudert er das Fährboot selbst über den Fluß, so wütend, daß ihm das Ruder bricht. Nach dem Übersetzen wirft er den Kaplan zum Entsetzen aller Umstehenden in den Fluß. Als dieser, obwohl Nichtschwimmer, sicher das andere Ufer erreicht, weiß Hagen, daß die Meerfrauen ihm richtig geweissagt haben. Danach zerschlägt er die Fähre. Schließlich teilt er den Königen »etwas sehr Ernstes mit: Wir werden nie wieder in das Land der Burgunden zurückkehren.«

Trotzdem setzen sie die Reise fort. Dabei werden sie von den bayrischen Markgrafen angegriffen, die den Tod des Fährmanns rächen wollen, schlagen sie aber in die Flucht. In Passau empfängt Bischof Pilgrim die Reisenden. Vor Bechelaren erfahren sie, daß Kriemhilds Haß gegen die Mörder Siegfrieds ungebrochen ist. Nach einer dreitägigen Rast begleitet Rüdiger die Burgunden bis nach Etzelburg, wo Kriemhild schon von weitem die Krieger herankommen sieht.

Die Burgunden an Etzels Hof (28. bis 31. Aventiure)

Dietrich von Bern, ein Lehnsmann Etzels, reitet den Königen entgegen und warnt sie vor Kriemhilds anhaltender Trauer um Siegfried. Kriemhild begrüßt die Gäste distanziert. Als Hagen sieht, daß sie als einzigen Giselher küßt, bindet er sich den Helm fester. Die Atmosphäre ist gespannt. Kriemhild bittet die Gäste, vor dem Betreten des Saales die Waffen abzulegen. Die Burgunden weigern sich, und Kriemhild spürt, daß sie gewarnt wurden. Offen bekennt sich Dietrich von Bern dazu und spricht betont freundlich mit Hagen (der ab jetzt immer deutlicher in seine große Rolle hineinwächst, während Kriemhild erstmals und öffentlich »vâlandinne«, Teufelin, genannt wird – von Dietrich).

Hagen und der Spielmann Volker setzen sich auf eine Bank, Hagen mit Siegfrieds Schwert auf den Knien. Da nähert sich die Königin, mit der Krone auf dem Haupt. Aber Hagen provoziert sie, indem er sich weigert, vor ihr aufzustehen; zu Volker sagt er, die Bewaffneten in Kriemhilds Begleitung meinten sonst, er habe Angst vor ihnen. Das Gespräch zwischen der Königin und dem Krieger beginnt feindlich. Kriemhild: Wer hat Euch eingeladen? Hagen: Niemand; man hat drei Ritter eingeladen, und ich habe sie noch nie allein gelassen. Kriemhild: Ihr habt meinen Mann erschlagen. Hagen trotzig: Es ist wahr, ich habe Euch großes Leid zugefügt. Fast kommt es schon hier zum Kampf.

In der Nacht versuchen die Krieger der Königin einen Überfall, unterlassen ihn aber, als sie sehen, daß Hagen und Volker Wache halten. Am nächsten Morgen gehen alle zur Messe, die Gäste in voller Rüstung. Dem König Etzel, der sich darüber wundert, wird dies als burgundische Sitte erklärt. Bei den anschließenden Reiterwettkämpfen will Volker einem eitel herausgeputzten Hunnen einen »Denkzettel« verpassen und tötet ihn. Nur mit Mühe gelingt es, das Turnier nicht zum offenen Kampf ausarten zu lassen. Kriemhild sichert sich die Unterstützung von Etzels Bruder Blödel für ihre Rachepläne.

Beim festlichen Abendessen im Saal stellt man den Burgunden Etzels kleinen Sohn Ortlieb vor. Für Hagen jedoch ist das Kind bereits so sehr »vom Tode gezeichnet, daß man mich nie am Hofe Ortliebs sehen wird«.

Der Kampf (32. bis 39. Aventiure)

Während des Essens in der Herberge werden Dankwart und die burgundischen Knappen von den Truppen Blödels überfallen. Im aufreizenden Wortwechsel schlägt Dankwart Blödel den Kopf ab. Wer kein Schwert hat, verteidigt sein Leben mit Schemel und Stuhl. Als die Hunnen Verstärkung holen, sind die Knappen verloren. Allein Dankwart kämpft sich bis zum Saal durch. Blutüberströmt in der Tür stehend, berichtet er den Burgunden den Überfall. Wütend erschlägt Hagen das Kind Ortlieb. Sofort entbrennt der Kampf. Dankwart bewacht die Tür, so daß den Hunnen jede Flucht und jede Hilfe von außen verbaut ist.

Da übertönt die Stimme Dietrichs von Bern das Getümmel. Er bittet um freien Abzug und bringt Etzel, Kriemhild und Rüdiger von Bechelaren aus dem Saal. Keiner der noch anwesenden Hunnen überlebt. Am Ende werfen die Hunnen die toten Feinde vor die Saaltür: Es sind siebentausend. Nur mit Mühe gelingt es, Etzel von der Teilnahme am Kampf abzuhalten, während Kriemhild einen hohen Preis auf Hagens Kopf aussetzt: Burgen und Länder und einen Schild voll Gold.

Jetzt kämpft Iring von Dänemark gegen die Burgunden. Giselher streckt ihn kurz zu Boden, aber er erhebt sich wieder und rennt nun gegen Hagen an, der ihm mehrere Schwertwunden zufügt und ihn schließlich aus der Ferne mit einem Speerwurf tötet. Irings Leute liegen alle tot vor der Saaltür.

Die Burgunden sind müde vom Kampf (»sturmmüede«) und verhandeln mit Etzel um freien Abzug, bis Kriemhild dazwischentritt und ihn verhindert. Nur wenn sie Hagen ausliefern, wird sie die andern unter Umständen am Leben lassen. Entrüstet weisen die Burgunden das Angebot zurück. (Giselher: »Ich verliere keinen Freund durch einen Treuebruch.«)

Da befiehlt Kriemhild, den Saal an vier Ecken anzuzünden. Hagen rät, gegen die Hitze das Blut der Toten zu trinken: Es schmeckt, »wie ungewohnt ihm das auch war«, besser als Wein. Sie müssen sich an die Wand stellen, um nicht von den herabstürzenden Feuerbalken erschlagen zu werden. Sechshundert Burgunden überleben diese Nacht.

Nun erscheint Rüdiger auf dem Kampfplatz und versucht erneut eine friedliche Verhandlung. Aber König Etzel will keine Schlichtung des blutigen Streites. Kriemhild hält Rüdiger sein Beistandsversprechen vor. »Das stimmt«, antwortet er, »aber ich habe nicht geschworen, die Seele zu verlieren. Ich habe die hochgeborenen Fürsten zu diesem Fest hergeführt.« Außerdem habe er Giselher seine Tochter versprochen.

Aber Etzel und Kriemhild bleiben hart. Rüdiger muß sich fügen. Als die Burgunden ihn kommen sehen, freuen sie sich schon über die willkommene Hilfe. Rüdigers Nachricht, daß er gegen sie kämpfen muß, erfüllt sie mit Schrecken und Trauer. Hagen, dem der Schild zerschlagen ist, bittet Rüdiger um dessen Schild, und Rüdiger erfüllt ihm die Bitte. Dafür werden Hagen und Volker ihm im Kampf aus dem Weg gehen. Mit Tränen in den Augen sehen die Burgunden zu. Im nächsten Augenblick beginnt der Kampf von neuem. Rüdiger und Gernot töten sich gegenseitig, beweint von den überlebenden Burgunden.

Im vorletzten Kapitel schickt Dietrich von Bern seine Leute, die Amelungen, unter Hildebrands Führung gegen die Burgunden, die den Leichnam Rüdigers nicht herausgeben wollen. Im folgenden Kampf werden fast alle Ritter getötet, nur Gunther und Hagen bleiben am Leben sowie Hildebrand. Dietrich von Bern trauert um seine Gefallenen: »Das ist das Ende meiner Freude. Ach, daß niemand vor Leid sterben kann!«

Nun, in der letzten Aventiure, übernimmt es Dietrich selbst, Hagen gegenüberzutreten. Er beklagt das Leid und die »bittere Not«, die Hagen mit der Vernichtung der Amelungen geschaffen hat (»Ich habe euch Helden keinen solchen Schmerz zugefügt«). Er verlangt von den beiden, sie sollten sich ergeben; er verspricht ihnen auch ihr Leben: »Ich begleite euch, wie die höfische Sitte es erfordert, oder ich sterbe.«

Hagen lehnt ab. Hildebrand sucht zu vermitteln, aber umsonst. Im folgenden Kampf verzichtet Diet-rich auf das unehrenhafte Vorgehen, den ermatteten Hagen zu töten, ringt ihn mit bloßen Armen nieder, desgleichen Gunther. Gefesselt übergibt er sie Kriemhild mit der Aufforderung, »so vorzügliche Geiseln« zu schonen.

Mit Hagen allein gelassen, bietet Kriemhild ihm sein Leben, wenn er ihr verrät, wo der Schatz ihres Mannes versteckt liegt. Hagen: Er habe geschworen, es nicht zu verraten, solange einer seiner Herren lebe. Darauf Kriemhild: »Ich bringe es an ein Ende.« Sie enthauptet ihren Bruder und trägt den Kopf an den Haaren vor Hagen. Hagen,

»tieftraurig«: »Den Schatz, den weiß jetzt niemand – außer mir und Gott. Der soll dir, du Teufelsweib (›vâlandinne‹) für immer verborgen bleiben!« Da tötet Kriemhild den Gefesselten mit Siegfrieds Schwert. Etzel, der die Szene beobachtet hat, ist entsetzt. Hildebrand rächt den Tod des »tapferen Tronjers« und tötet Kriemhild. »Dietrich und Etzel weinten.«

»Das glanzvolle Ansehen war da verloschen und tot. Alle Leute trauerten in Jammer und Elend (›jâmer unde nôt‹). Leidvoll war das Fest des Königs zu Ende gegangen, wie stets die Liebe schließlich zum Leide führt.«

»Hie hat«, lautet die letzte Zeile, »daz maere ein ende: daz ist der Nibelunge nôt.«

Anwendungen

Es ist wenig wahrscheinlich, daß nach einem so gewalttätigen Ende donnernder Applaus losbricht.

Wir müssen uns die mittelalterliche Situation so vorstellen: Der Dichter, vielleicht auch ein anderer Sänger, steht in einer halbdunklen, etwas zugigen Halle vor seinem adligen Fest-Publikum. Der Gastgeber und seine Freunde sitzen auf einigermaßen bequemen Stühlen und Polstern. Für sie singt der Vortragende, begleitet von zwei oder drei Musikanten und ihren unaufdringlichen Instrumenten, auswendig ein Stück des Nibelungenliedes, ungefähr fünfhundert Strophen (der Vortrag des ganzen Werkes würde über zwanzig Stunden dauern). Frauen und Männer lauschen erschaudernd den Ungeheuerlichkeiten, die das höfische Leben fast zerstören, und jeder ahnt: So dunkle Chaotik bedroht in Wirklichkeit auch unsere zivilisierte Welt.

Die neuere Forschung hat manchmal angenommen, das Epos betreibe auf diese Weise eine Art Sozialkritik, der Dichter sei also dem adligen Treiben gegenüber feindlich eingestellt und halte die höfische Welt für eine zum Untergang verurteilte Gesellschaft. Die Meinung findet jedoch keinerlei Stütze im Text selbst.

Der Autor des Nibelungenliedes ist kein Rebell. Man könnte mit besseren Gründen die Gegenthese vertreten: Die einzige Stelle, die etwas wie eine soziale Mißbilligung enthält, ist eine Kritik an Hagen, der gegen alle geltenden

Regeln einen Gast getötet hat. Aber es ist ohnehin verlorene Mühe, das Nibelungenlied als moralischen Traktat lesen zu wollen. Es erfüllte vielmehr ganz und gar die bestätigende Funktion einer Fernsehserie: Es schildert einem bestimmten Publikum seine Lebensform, die schmerzlich erschüttert wird, aber am Ende doch erhalten bleibt.

Wir dürfen allerdings vermuten, daß auch dem mittelalterlichen Zuhörer nicht alles verständlich vorkam in dieser Erzählung, und wieder ist es Hagen, von dem die Rede sein muß. Sollte man ihn als Schurken oder als Helden der Geschichte sehen? Am Ende des ersten Teils ist er tatsächlich nur der Mörder, der zudem der Witwe ihre finanzielle Macht-Basis raubt. Aber im zweiten Teil wächst er plötzlich zum alles bestimmenden Helden heran. An der dadurch hervorgerufenen Verwirrung des Publikums mag es wohl gelegen haben, daß der Bearbeiter der Handschrift C Hagen im zweiten Teil so negativ darstellt, daß die Figur einigermaßen stimmig wird.

Ein früher Longseller

Wer wissen möchte, ob ein Text im Mittelalter erfolgreich war, steht vor gewissen Schwierigkeiten: Es gab damals noch keine Rezensionen, keine Verkaufszahlen, keine Bestsellerlisten. Die Philologie hat jedoch Verfahren entwickelt, die einen gewissen Blick in jene ferne Zeit ermöglichen.

Ein solches Verfahren ist die Zählung der Handschriften eines Werkes. Man geht dabei von der Annahme aus, daß ein Werk um so beliebter war, je mehr Handschriften davon heute noch existieren. Die Annahme ist natürlich mit Zufällen und Ungenauigkeiten behaftet: In ihrer Mehrzahl gehen Handschriften verloren, in manchen Gebieten oder auch in bestimmten (früheren, unruhigen) Jahrhunderten zum Beispiel häufiger als in anderen. Auch haben sich natürlich eher die kostbaren Pergamenthandschriften erhalten, während die später verwendeten billigeren Papierhandschriften bedenkenloser vernichtet wurden. Es könnte also sein, daß es einst sehr viel mehr Papier-Exemplare gab, als wir heute wissen. Aber wenn man diese Fehlerquellen im Auge behält, lassen sich doch einige Aussagen über die Beliebtheit eines mittelalterlichen Werkes treffen.

In diesem Sinne war das Nibelungenlied von Anfang an sehr beliebt. Es ist uns, wie erwähnt, in einer großen Anzahl von Handschriften überliefert: 35 sind es insgesamt. Es gibt, an diesem Maßstab gemessen, sicher erfolgreichere Bücher des Mittelalters. So besitzen wir etwa Wolfram von Eschenbachs PARZIVAL in 86 Handschriften (von denen wiederum die allermeisten, nämlich siebzig, nur Textteile bieten). Aber das Bild ändert sich wiederum, wenn wir die zeitliche Verteilung betrachten. Beim PARZIVAL stammen die meisten Handschriften aus dem 13., erheblich weniger aus dem 14. Jahrhundert, danach, lange vor dem Buchdruck, geht wie bei allen Manuskripten die Zahl stark zurück. Beim Nibelungenlied dagegen haben wir vergleichsweise wenige Handschriften aus dem 13. Jahrhundert (zehn) und deutlich mehr aus dem 14. Jahrhundert (sechzehn). Man kann also mit einiger Vorsicht sagen, daß das Nibelungenlied – im Gegensatz zum PARZIVAL – im Lauf der Zeit an Beliebtheit gewonnen hat.

Eine Methode besteht in der Untersuchung, ob Inhalte eines Werkes ein anderes Werk beeinflußt haben oder dort als Zitat oder Anspielung vorkommen. In dieser Analyse steht das Nibelungenlied geradezu einzigartig da.

Von dem Küchenmeister-Zitat bei Wolfram war schon bei der Datierung die Rede. Markanter ist die Weiterwirkung des Nibelungenliedes an einem anderen großen Versepos eines anonymen Dichters, der KUDRUN, die etwa ein halbes Jarhundert später entstanden ist. Die KUDRUN geht auf ein altes Brautraublied der Wikinger zurück: Sie erzählt von schrecklichen Kämpfen um eine schöne Frau, bis am Ende durch eine dreifache Vermählung der nun versöhnten Feinde Ruhe einkehrt. Das Epos lehnt sich in seinem Versmaß hörbar an das Vorbild an: Es enthält insgesamt hundert Strophen, die genau wie die Nibelungenstrophen gebaut sind. Ebenso eng sind die Beziehungen zum Nibelungenlied in Sprache und Stil der KUDRUN; man hat ihren Dichter deshalb sogar als »Epigonen« des Nibelungenlieds bezeichnet.

Einen dritten – und positiveren – Zusammenhang hat der Germanist Hugo Kuhn in der KUDRUN entdeckt: Sie ist, schreibt er, eine Art Gegenentwurf zum Nibelungenlied; dort bringt »das Gesetz der Rache alles andere zum Schweigen«; hier aber hat die Heldin die Aufgabe, »Friede zu stiften aus Zerstörung«.

Zwei andere im Mittelalter bekannte Werke weisen inhaltliche Bezüge zum Nibelungenlied auf. Das erste ist das Epos von BITEROLF UND DIETLEIB. Hier treten – wenn auch in leicht abgeänderten Abenteuern – uns bekannte Personen auf, die Burgunden mit Kriemhild und Brünhild, Hagen und Etzel, im Vordergrund jedoch Rüdiger von Bechelaren. Ein Abschnitt allerdings schildert ihn in einer dem Nibelungenlied fremden Szene: Er wird eingeladen, die sieben Königinnen am Wormser Hof zu »besichtigen«, und den Damen wird dabei sogar erlaubt, den Gast zu küssen. Und beim Essen geht der Flirt noch weiter: »Das Drücken der weißen Hände«, bemerkt der Dichter, »und freundliche Blicke – das geschah hier sehr ausgiebig.« Und nach Hause zurückgekehrt, erzählt Rüdiger stolz von seinem Erfolg bei drei der königlichen Damen: »Mich kusten an den mînen munt / edeler küniginne drî.«

Das andere Werk unter dem Einfluß des Nibelungenliedes ist der sogenannte ROSENGARTEN. Es muß sich dabei um eine außerordentlich populäre Dichtung gehandelt haben, denn wir kennen sie nicht nur aus zahlreichen Abschriften, sondern auch in einer tschechischen Bearbeitung und sechs Drucken. Der ROSENGARTEN erzählt von einer Kriemhild, die ihr Vater in Worms von zwölf Rittern bewachen läßt, unter ihnen Siegfried. König Etzel wird eingeladen, deren Kraft zu erproben. Den letzten Zweikampf, zwischen Siegfried und Dietrich von Bern, schlichtet Kriemhild, indem sie jedem Kämpfer einen Kranz von Rosen und einen Kuß schenkt. Besonders auffällig ist in dieser Erzählung, daß die Personen aus dem burgundischen Sagenkreis mit dem Hof von König Etzel verbunden werden – eine Kombination, die sonst nur das Nibelungenlied kennt. Man muß also annehmen, daß der ROSENGARTEN das Nibelungenlied als Hauptquelle benützt hat, oder er ist gar eine literarische Replik darauf.

Im Mittelalter, so dürfen wir also zusammenfassen, war das Nibelungenlied ein langlebiger und fruchtbarer Bestseller. Zu Beginn der Neuzeit jedoch ist es aus dem kulturellen Leben wie verschwunden. Man spricht nicht mehr davon, gelesen wird es nicht mehr, erst recht trägt man es nicht mehr vor. Nur noch verwischte Spuren sind in dieser Zeit erkennbar – und das nicht immer leicht.

Im Jahr 1551 publizierte der Schweizer Kartograph und Geschichtsschreiber Wolfgang Lazius einen zwölfbändigen KOMMENTAR ZUR RÖMISCHEN REPUBLIK und einige Zeit danach sein bekannteres Werk über die Völkerwanderung (1557). In beiden Büchern zitiert dieser Autor einige Nibelungenstrophen, und zwar aus einer Handschrift, die seitdem verloren ist. »Er ist der letzte Autor dieser Zeit«, schreibt Werner Hoffmann (1992), »der über eine noch aus den Quellen geschöpfte Kenntnis der mittelalterlichen Heldenepik verfügt.«

War er auch der einzige? Immerhin hat er seine Kenntnis noch einen Schritt weitergereicht. Aber das zu erkennen, bedarf es nun schon philologischer Präzisionsarbeit.

Diese Spur führt nach Südamerika. Der Dominikaner-Pater Bartolomé de Las Casas setzte sich in Kuba gegen seine eigene Kirche für die von ihr ausgebeuteten Indios ein (erfolglos), unter anderem mit seiner berühmten Streitschrift APOLOGÉTICA HISTORIA SUMARIA, erschienen 1552.

Darin, genauer in den Kapiteln 164 und 165 über die römischen Saturnalien und die Riten der Demeter, findet sich zweimal ein Literaturverweis auf einen gewissen »Uvolegango«. Wem gehört dieser geheimnisvolle Name? Da es im spanischen Alphabet kein w gibt, wird es in fremden Namen wie etwa »Wolfgang« meist mit Doppel-u umschrieben, wobei es leicht passiert, daß der Setzer auch mal ein v mit einem u verwechselt; nimmt er nun noch ein e für das eigentliche f, dann kommt genau diese rätselhafte Schreibweise heraus. Wenn man jetzt noch von Las Casas selbst erfährt, daß er Uvolegangos COMENTARIOS DE LA REPUBLICA ROMANA meint, dann ist damit ohne den Schatten eines Zweifels das erwähnte Werk von Wolfgang Lazius gemeint, in dem die Nibelungenstrophen vorkommen.

Wir können also feststellen: Auch Las Casas ist mit dem Nibelungenlied zumindest in Berührung gekommen. Mehr läßt sich aber auch nicht sagen. Ab hier geht die Spur des Gedichts, wenn es überhaupt noch eine gibt, ins Unsichtbare.

Neben der schriftlichen Weiterwirkung und inhaltlich völlig getrennt von ihr verläuft eine mündliche Überlieferung, die im volkstümlichen LIED VOM HÜRNEN SEYFRIED ihren Niederschlag fand. Anfang des 16. Jahrhunderts wurde das Volksbuch erstmals gedruckt (das ist zufällig auch die Zeit, in der das Nibelungenlied zum letzten Mal von Hand abgeschrieben wird).

Was hier lebendig bleibt, hat aber kaum noch mit dem Nibelungenlied zu tun. Wie schon der Titel verrät, ist es eine reine Siegfried-Erzählung, und die ist auf einige effektsichere Szenen zusammengeschnitten, die im Nibelungenlied lediglich referiert werden: Siegfried wächst bei einem Schmied auf, der ihn, mit der Absicht, ihn umkommen zu lassen, zum Drachen schickt, aber Siegfried erschlägt den Drachen, nimmt sich dessen Schatz und verbrennt das Tier; das herausrinnende Fett macht seine Haut »hürnen«, wie aus Horn, bis auf die Stelle zwischen den Schulterblättern (wodurch er später, wie es spannungsfördernd heißt, »den Tod erlitt«). Und weil der Drachenkampf so schön war, gibt es gleich noch einen zweiten, mit dem der Held nun die schöne Kriemhild von einem solchen Untier befreit und sie heiratet. Den Schatz versenkt er im Rhein. Acht Jahre später wird er von seinem Schwager Hagen ermordet. Und Schluß.

Die Wurzeln des Liedes reichen wohl ins 13. Jahrhundert zurück. Aber man erkennt sofort, daß sich der HÜRNEN SEYFRIED ausgiebiger auf das Erzählgut der Edda stützt als auf das Nibelungenlied, das sich ja von aller altnordischen Überlieferung absichtsvoll entfernt. Den ungemein beliebten Stoff hat dann Hans Sachs zu einer, wie er es nannte, »Tragödie« umgeschrieben (DER HÜRNEN SEWFRID). Mitte des 17. Jahrhunderts erscheint dann noch eine niederdeutsche Überarbeitung des Liedes. Und auch weiterhin bleibt der Unverwundbare virulent: 1726 wird dem Lese-Publikum EINE WUNDERSCHÖNE HISTORIE VON DEM GEHÖRNTEN SIEGFRIED geboten. Dieses Volksbuch ist sogar eine Übersetzung aus dem Französischen. Offenbar war diese6 Sex-and-crime-Story inzwischen europäisches Gemeingut geworden.

Der derbe, aber volkstümliche Stoff war selbst dann noch nicht untergegangen, als das wiederentdeckte Nibelungenlied schon gedruckt vorlag. Noch im Jahr 1779 veröffentlichte der Buchhändler und Schriftsteller Johann Gottwerth Müller, genannt Müller von Itzehoe, seinen Roman SIEGFRIED VON LINDENBERG, der bis 1802 sechs Auflagen erreichte und in mehrere Sprachen übersetzt wurde. Die »komische Geschichte« (so der Untertitel) erzählt die »wahre und wundersame Geschichte des kecken und mannhaften Ritters Siegfried, mit dem Beinamen des Hörnernen«.

Der adlige Erzähler, frühpensioniert und zum Müßiggang verurteilt, begeistert sich immer wieder selbst am Sturm-und-Drang-Gehabe seiner Figur: »Hagel nochmal«, ruft da der Titelheld aus, der sich allen Ernstes für einen Nachfahren des Ur-Siegfried hält, »das war 'n ganzer Kerl, der Ritter da.« So würde er am liebsten selbst dreinschlagen: »'S ist 'n allerwelts Kerl, der Siegfried! Mögt auch wol mal so um mich rum hauen! Hätt sich auch wohl passen können, wenn ich im Dienst geblieben wäre.«

Wer bis zum 18. Jahrhundert überhaupt von Siegfried sprach, hatte also schon lange nicht mehr das Nibelungenepos im Sinn, sondern den HÜRNEN SEYFRIED, das populäre Lied und die Volksbücher; »hürnen« wird in dieser Zeit überhaupt das stehende Beiwort für den Drachentöter. Er gehört nun mit Männern wie Dietrich oder Roland in eine unbefragt übernommene Helden-Galerie ohne Hintergrund. Wenn von einem die Rede ist, kommt sofort auch der andere in den Sinn: austauschbare Charaktermasken.

Näherungen

In der Neuzeit war also der Text des Nibelungenlieds bis zu Obereits Entdeckung so vergessen, als hätte es nie existiert. Und selbst nach Bodmers und Müllers Veröffentlichungen, 1757 und 1782, wurde es zwar hier und da »zum Gegenstand einer gelehrten Untersuchung gemacht, aber ein allgemeines geistiges Interesse ward dadurch nicht erweckt« (so der zeitgenössische Schriftsteller Henrik Steffens in seinen Erinnerungen).

Zwei Personen allerdings bewiesen ein untypisch frühes und anhaltendes Interesse an dieser Dichtung: ein Maler und ein Schriftsteller.

Der bedeutuende Künstler Johann Heinrich Füssli (1741 bis 1825), bezeichnenderweise wiederum ein Schweizer, hätte sich beinahe nur der Literatur gewidmet: Eine Shakespeare-Übersetzung brachte dem Sprachbegabten hohe Anerkennung ein, dann aber vertauschte er doch die Feder mit dem Pinsel. Von diesem Augenblick an bewunderte er den sehr viel älteren Bodmer – und das Nibelungenlied. Er schuf nicht nur ein einfühlsames Porträt des schon dem Tode nahen Herausgebers, sondern auch ein Gemälde, das ihn im Gespräch mit dem verehrten Philologen zeigt (1779): Bodmer aufrecht sitzend im Hausrock, deutet mit der rechten Hand auf eine Homer-Büste (wir wissen ja, daß er das Nibelungenlied für »eine Art ILIAS« hielt), Füssli etwas lässiger zurückgelehnt, aber nachdenklich und aufmerksam, die Stirn auf Zeige- und Mittelfinger gestützt. Die Wirkung des Literaturforschers auf den noch jungen Maler ist kaum zu unterschätzen: Füssli war vom Nibelungenlied gepackt. Und bereits kurz nach Müllers Berliner Publikation 1782, entschiedener ab 1805, erleben wir nun Füsslis unglaubliche Nibelungen-Bilder, die leider Fragment geblieben und uns nur in Zeichnungen erhalten sind.

Er versorgte sich zuerst reichlich mit Literatur: Neben dem Text selbst hatte er zwei spätere Übersetzungen in seinem Atelier stehen, dazu die ältere Edda, die NORDISCHEN HELDENROMANE von Friedrich Heinrich von der Hagen, Müllers SAGENBIBLIOTHEK und sogar eine frühe Nachdichtung: das beim damaligen Publikum außerordentlich beliebte Drama SIGURD DER SCHLANGENTÖDTER von Friedrich de la Motte Fouqué (1808). Er war also nicht nur mit dem Text selbst vertraut, sondern ebenso mit dessen historischem Hintergrund und der volkstümlichen Wirkung. Um so erstaunlicher ist das Ergebnis dieser Lektüre. Denn was Füssli jetzt zeichnete, hatte nichts zu tun mit Kampf und Sieg und Untergang, schon gar nichts mit irgendeiner patriotischen Aufwallung. Was er uns vor Augen stellt, sind die dunklen Seiten, die seelischen Brüche und Abgründe des Nibelungenliedes.

Sein Siegfried ist kein alles überwindender Held, sondern ein ausweglos Gefangener. Füssli erfindet dazu eine Szene, die im Text gar nicht vorkommt: »Siegfried«, so der ausführliche Titel des Blattes, »insgeheim mit Kriemhild verheiratet, durch Hagen bei seinem ersten Stelldichein mit ihr nach dem Sieg über die Sachsen überrascht«. Kriemhild, die linke Hand auf der selbstbewußt herausgewölbten Hüfte, legt dem zu ihren Füßen knienden Mann eine besitzergreifende Rechte auf die Stirn, während dieser hingegeben, aber tapsig am Brustband von Kriemhilds hochgerafftem Empirekleid nestelt. Am Kopf der Frau sitzen zwei ausgebreitete Flügel, ein Attribut, das den Zeitgenossen Füsslis noch vertraut war: Es sind die Kopfflügel der griechischen Medusa, der schlangenhaarigen Gorgonin, die jeden mit ihrem Blick in Stein verwandelt. Hier sind die innerehelichen Machtverhältnisse ausreichend klargestellt, und was Mann und Frau hier verbindet, ist keine irgendwie höfische Liebe, sondern eine Unterwerfung.

Es ist überdies bemerkenswert, daß die sonst so kriegslüsternen Männer bei Füssli durch keinerlei martialische Bekleidung ausgezeichnet werden. Sie sind sogar meistens nackt. Nur einmal wird ein Held in voller Rüstung gezeigt, aber da ist er schon tot (in dem Blatt »Kriemhild hält Totenwache für Siegfried«). In anderen Zeichnungen tragen die Kämpfer vielleicht einmal angedeutete Beinschienen oder Lederkoller, oft aber Trikots wie Balletttänzer oder einfach phantasievolle Umhänge, so wie auch die Bildkulisse nicht durch Wände, sondern durch drapierte Tücher begrenzt wird. Es ist ein zeitloses Dekor, in dem Füsslis seelische Dramen spielen.

Ein heutiger Wiederentdecker könnte die Nibelungen-Blätter womöglich als Ironisierung des mittelalterlichen Epos auffassen, so als wäre der Maler ein verfrühter Postmoderner. Aber das wäre ein Mißverständnis. Ihm kam es nicht auf Dekonstruktion an, sondern auf die psychische Dynamik der handelnden, mehr noch der leidenden Personen. So ist denn auch seine Kriemhild nicht durchweg die despotische Domina. Wie sie dem gefangenen Hagen triumphierend den Kopf Gunthers hinhält, das erinnert noch an die geschilderte Unterwerfungsszene. Bei der Totenwache für Siegfried aber fallen ihre Haare aufgelöst über den Kopf des gepanzerten Mannes hin. Und auf einem anderen Blatt, ebenfalls an der Bahre des Ehemannes, wird Kriemhild sogar von ihrem schlechten Gewissen heimgesucht: Drei gespenstische Furien, weiße fließende Frauenkörper, zeigen mit anklagender Geste auf die Trauernde. Wir bewegen uns hier, wie immer bei diesem Maler, in einer Traum- und Zwischenwelt, weit entfernt von sogenannten Realitäten, die hier nur noch Auslöser seelischer Ereignisse sind: ein zwielichtiger Siegfried, wie zwanghaft unter dunklen Antrieben handelnd; Kriemhild herrisch, zerstörerisch und selbstzerstörerisch; Brunhild und Gunther einander in immerwährender Feindschaft verbunden.

Füsslis Darstellung des Nibelungenliedes ist ohne Beispiel und Vorbild. Sie ist, leider, auch ohne Nachwirkung

Johann Heinrich Füssli

»Das Blatt ›Brünhild betrachtet den von ihr gefesselt an der Decke aufgehängten Gunther‹ steht in der gesamten Nibelungen-Illustraition einzigartig da. Aus dem heiklen Abschnitt von Gunthers Beilager wird sonst nur dargestellt, wie Siegfried im Schutz der Tarnkappe unter den Augen des auf dem Bett wartenden Königs die Brunhild im Ringkampf überwältigt. Das Geschehen der Brautnacht zu verbildlichen, war Füssli vorbehalten, denn dieser Vorwurf fällt ja in einen seelischen Bereich, den wir uns schon gewöhnt haben, als seine eigenste Domäne anzusprechen. Die Haltung der Brunhild folgt, bewußt oder unbewußt, dem Vorbild von Davids ›Mme Récamier‹, nur ist sie hier ins Pomphafte, hohnvoll Triumphierende abgewandelt. Unerhört, wie Füssli für den Gefesselten eine Formel findet, die so viel Kraft so entmachtet zeigt; in der Blickzuwendung der beiden offenbart sich sein Wissen, daß solche Siege den Überwältiger unausweichlich mit seinem Opfer verketten.«
Gert Schiff in: Storch, Wolfgang (Hrsg.), DIE NIBELUNGEN. BILDER VON LIEBE, VERRAT UND UNTERGANG, München 1987.

geblieben. Seine suchende, visionäre Interpretation des Nibelungenliedes wurde unter der Welle des deutschen Nationalenthusiasmus begraben. Später gab man ihm das abwertende Etikett »symbolistischer Maler«, und der NACHTMAHR (von 1781) ist das einzige Bild, das man heute noch von ihm kennt.

Der Schriftsteller, der sich immer wieder mit dem Nibelungenlied befaßte, ist Goethe. Nur kann bei ihm von Bewunderung oder gar Faszination keine Rede sein: Er beharrte zeit seines Lebens auf einem eher reservierten Urteil.

Dabei war er einer der wenigen Deutschen, die im 18. Jahrhundert den Text überhaupt wahrgenommen hatten. Er war ihm bereits im Jahre 1779 begegnet, als er Bodmer in Zürich besuchte und dieser ihn eine erste Abschrift des Nibelungenliedes sehen ließ. Der Eindruck kann nicht überwältigend gewesen sein. Denn als ihm drei Jahre später Müller die komplette Berliner Ausgabe schickte, ließ der Dichter das Buch unaufgeschnitten (»roh«) liegen.

In den TAG- UND JAHRESHEFTEN 1807 erinnert sich Goethe an das Präsent: »Ich kannte längst das Dasein dieses Gedichts aus Bodmers Bemühungen. Christoph Heinrich Müller sendete mir seine Ausgabe leider ungeheftet, das köstliche Werk blieb roh bei mir liegen und ich, in anderem Geschäft, Neigung und Sorge befangen, blieb so stumpf dagegen wie die übrige deutsche Welt; nur las ich zufällig eine Seite, die nach außen gekehrt war, und fand die Stelle, wo die Meerfrauen dem kühnen Helden weissagen. Dies traf mich, ohne daß ich gereizt worden, ins Ganze tiefer einzugehen; ich phantasierte mir vielmehr eine für sich bestehende Ballade des Inhalts, die mich in der Einbildungskraft oft beschäftigte, obschon ich es nicht dazu brachte sie abzuschließen oder zu vollenden.« Das klingt unbegeistert, offenbar taugte das Werk nicht einmal zur Anregung der Eigenproduktion.

Aber in einer Mischung aus Opportunismus und Höflichkeit kommt er Jahrzehnte später doch noch dazu, sich den Text anzusehen. Denn im Zuge der »patriotischen Tätigkeit« seit dem Ende des Deutschen Reiches (1806) wuchs das Interesse an dem Nibelungenstoff, »die Teilnahme an diesem wichtigen Altertum« wurde allgemeiner und – Goethe denkt praktisch – der »Zugang bequemer«. Auch die Damengesellschaft, der Goethe regelmäßig am Mittwochabend Literarisches vorzulesen pflegt, läßt plötzlich eine gewisse Neugierde auf altdeutsche Dichtung erkennen, und Goethe beeilt sich, ihre Wünsche zu erfüllen. Er bereitet sich gründlich vor und liest dann sogar eine Art Simultanübersetzung aus dem Mittelhochdeutschen:

»Unmittelbar ergriff ich das Original und arbeitete mich dermaßen hinein, daß ich, den Text vor mir habend, Zeile für Zeile eine verständliche Übersetzung vorlesen konnte. Es blieb der Ton, der Gang, und vom Inhalt ging auch nichts verloren ... Doch indem ich in das Ganze des poetischen Werkes auf diese einzudringen dachte, so versäumte ich nicht, mich auch dergestalt vorzubereiten, daß ich auf Befragen über das einzelne einigermaßen Rechenschaft zu geben imstande wäre. Ich verfertigte mir ein Verzeichnis der Personen und Charaktere, flüchtige Aufsätze über Lokalität und Geschichtliches, Sitten und Landschaften, Harmonie und Inkongruenzen, und entwarf zugleich zum ersten Teil eine Karte.«

Zog Goethe wenigstens eine höhere Text-Vertrautheit aus so viel fleißiger Vorarbeit? Ja und nein. »Für den Augenblick«, sagt er, habe er »viel« gewonnen; aber mit dieser lakonischen Mitteilung ist die Auskunft schon beendet. Dann wendet er sich wortreich ab ins Allgemeine und zum Ertrag »für die Folge«, da er später »die ernsten anhaltenden Bemühungen deutscher Sprach- und Altertumsfreunde besser zu beurteilen, zu genießen und zu benutzen wußte«. Das klingt unpersönlich.

Auch bei anderen Gelegenheiten zeigt er die gleiche Scheu vor einer energischen Befassung mit dem Gedicht. Zwar kennen wir einige Berichte, die etwas anderes nahelegen. So soll Goethe in einer Gesellschaft mit dem dänischen Dichter Adam Gottlob Oehlenschläger die Nibelungen-Verse »Es war der große Siegfried, der aus dem Grase sprang, / Es ragete ihm vom Herzen eine Speerstange lang« wörtlich »capital« gefunden haben. Und Johanna Schopenhauer erzählt, er sei bei einer Nibelungenlied-Lesung sogar einmal »in größerer Bewegung« gewesen. Aber die schriftlichen Aussagen Goethes selbst sprechen eine erheblich kühlere Sprache.

Friedrich Heinrich von der Hagen schickt im Oktober 1807 seine neue Übersetzung des Nibelungenliedes natürlich auch an den verehrten Weimarer und fügt die Bitte hinzu, Goethe möge das Werk doch in einer Rezension würdigen, einige Dramen daraus ziehen und Bilder dazu anfertigen. Goethe bedankt sich dafür abweisend: Er finde, nach »Stoff und Inhalt« gehöre es wohl zur besten deutschen Poesie, »der Form und dem Gehalt« nach könne er es aber nicht recht einordnen. Man spürt förmlich das Zögern, ja Unbehagen mit diesem Text.

Obwohl die Mittwochabende mit den Damen weiterhin mit altdeutscher Literatur angefüllt sind, reißt die Kette der freundlich abwehrenden Urteile Goethes nicht ab. Er brauche lange, schreibt er im November 1808 an Karl von Knebel, bis er etwas Vernünftiges an den Nibelungen entdecken könne: »Die Mittwoche sind wieder im Gang. Ich lese die Nibelungen vor; allein dabei geht es mir auch wie einem jungen Professor, oder wie einem Koch, der sein Leben zubringt, um einige Stunden etwas Genießbares aufzutischen. Indessen ist es mir selbst von großem Wert und Nutzen: denn ich hätte das Gedicht für mich vielleicht niemals durchgelesen, und noch viel weniger so viel darüber nachgedacht, als ich gegenwärtig tun muß, um durch Reflexionen und Parallelen die Sache anschaulicher zu machen.«

In seinem Tagebuch nennt er die Nibelungen »eine Dichtung ohne Reflex«, weil hier »die Helden wie eherne Wesen nur durch und für sich existieren« (9. November 1809). Er finde darin »keine Spur von einem himmlischen Reflect«, wohingegen die homerischen Helden doch immer mit ihren Göttern in Kontakt stünden.

Anfang 1810 kam auf den Geheimen Legationsrat eine neue Aufgabe zu. Am 14. Januar sollte sich die Tochter Karl Augusts verloben, und auf den 30. Januar fiel der Geburtstag der Herzogin Luise (»der jedesmal als ein ausgezeichnetes Jahresfest begangen wird«, so der beamtete Klassiker). Zu diesem Ereignis wurde üblicherweise ein spätbarocker Maskenzug organisiert, eine handlungslose Theateraufführung, bei der Schauspieler in meist historischen Kostümen feierlich Texte rezitierten.

In diesem Jahr kam nun Goethe auf den Gedanken, es sei »für die Maskenlust ein angemessener Schmuck, die verschiedenen Dichtungen, denen unsre Vorfahren und auch die Ahnherrn des hohen Fürstenhauses eine vorzügliche Neigung schenkten, in bedeutenden mannigfaltigen Gestalten vorzuführen«. Der Maskenzug unter dem Titel DIE ROMANTISCHE POESIE wurde am 2. Februar im weimarischen Stadthaus aufgeführt und zwei Wochen später im Neuen Schloß wiederholt. Goethe hatte dazu die Texte geschrieben.

Da tritt zuerst ein Herold auf, dann ein »Minnepaar«, der Herbst, der Winter, der Norden, am Ende auch noch ein »Heldendichter« und dazwischen auch eine Brunehild und ein Siegfried. Noch die Verse, die Goethe den Figuren in den Mund legt, lassen die innere Distanz zu dieser Sorte Literatur spüren:

»Brunehild:
Dem Pol entsprießt die herrlichste der Frauen,
Ein Riesenkind, ein kräftig Wunderbild.
Stark und gewandt, mit hohem Selbstvertrauen,
Dem Feinde grimm, dem Freunde süß und mild,
So leuchtet, nie versteckt vor unserm Schauen,
Am Horizont der Dichtkunst Brunehild,
Wie ihres Nordens stete Sommersonne,
Vom Eismeer bis zum Po, bis zur Garonne.«

Mit anderen Worten: Diese Figur steht uns ziemlich fern. In der Vorarbeit zu diesem eher unbedeutenden Gelegenheitswerk griff Goethe übrigens nicht eigentlich das »grundheidnische« Nibelungenlied auf, sondern die älteren eddischen Vorstufen. Brünhild und Siegfried waren ihm Helden aus grauer, nordischer Vorgeschichte, und wenn er sie zeitlich näher sah, dann in einem düsteren »grauerlichen Mittelalter«.

Es gibt von der Hand eines unbekannten Zeichners die Abbildung von vier Figuren dieses Maskenzugs, auch von Siegfried. Der Held ist kein mittelalterlicher Ritter mehr, er gehört dem Kostüm nach überhaupt nicht in die deutsche Vergangenheit: Er trägt einen turbanartigen Hut, einen herabhängenden Schnurrbart und ein orientalisches Krummschwert. Gerade daß der Schild auf seinem Rücken ein christliches Kreuz trägt. Es bleibt rätselhaft, was Goethe sich bei diesem exotischen Aufzug gedacht haben mag.

Womöglich nicht einmal sehr viel oder nichts Wesentliches, sondern er griff einfach in den Fundus des Weimarer Theaters und nahm, was ihm in die Hände fiel. Aber gleichviel: Man vermißt an den Maskenzug-Figuren, an ihrem Text wie an ihren Kostümen, die angeblich so ernsthafte Beschäftigung des Dichters mit dem Mittelalter. Jedenfalls wäre die Behauptung, Goethe habe mit dieser spätbarocken Maskerade die altdeutsche Dichtung seinem Publikum nähergebracht, zumindest stark übertrieben.

Auch in seinen letzten Lebensjahren hielt sich Goethe das Nibelungenlied vom Leibe. »Ich habe«, schreibt er 1814 an Knebel, »an der Homerischen wie an der Nibelungischen Tafel geschmaust, mir aber für meine Person nichts gemäßer gefunden als die breite und tiefe immer lebendige Natur, die Werke der griechischen Dichter und Bildner.« 1827 kam die Nibelungen-Übersetzung von Karl Simrock heraus, und Goethe notiert sich ausführliche Stichwörter zu einer dann nicht ausgeführten längeren Rezension. Man erkennt an ihnen Goethes eingehendere Befassung mit dem Werk und seinen bemerkenswerten Weitblick auf künftige Weiterwirkungen. Aber auch jetzt kommt keine Wärme und Nähe auf. Seiner Beurteilung, wie er sie lebenslang pflegte, bleibt er treu: Das Gedicht ist »derb und tüchtig«, aber auch düster, roh und hart – und überschätzt. Der Kritiker bleibt relativierend, und nur im Vorübergehen gibt er auch eine bildungspolitische Bewertung ab. Hier ein längerer Auszug vom Beginn der Notizen:

»Kurze Literaturgeschichte.
Zuerst durch Bodmer bekannt, später durch Müller.
Neuaufgeregtes Interesse.
Mehrfaches Umschreiben und Behandeln.
Historische Bemühungen deshalb.

Welche Zeit.
Verschiedene Exemplare des Originals.
Schätzung, Überschätzung.
Entschuldigung letzterer, Notwendigkeit sogar, um irgendeine Angelegenheit zu fördern.
Unterliegt immerfort neuen Ansichten und Beurteilungen.
Individuelle Betrachtungen bei Gelegenheit gedachter neuen Behandlung.
Uralter Stoff liegt zum Grunde.
Riesenmäßig.
Aus dem höchsten Norden.
Behandlung, wie sie zu uns gekommen.
Verhältnismäßig sehr neu.
Daher die Disparaten, die erschienen, wovon wir uns Rechenschaft zu geben haben.
Die Motive durchaus sehr grundheidnisch.
Keine Spur von einer waltenden Gottheit.
Alles dem Menschen und gewissen ... imaginativen Mitbewohnern der Erde angehörig und überlassen.
Der christliche Kultus ohne den mindesten Einfluß.
Helden und Heldinnen gehn eigentlich nur in die Kirche, um Händel anzufangen.
Alles ist derb und tüchtig von Hause aus.
Dabei von der gröbsten Roheit und Härte.
Die anmutigste Menschlichkeit wahrscheinlich dem deutschen Dichter angehörig.
In Absicht auf Lokalität große Düsternis.
Und es läßt sich kaum die Zeit denken, wo man die fabelhaften Begebenheiten des ersten Teiles innerhalb der Grenzen von Worms, Zanten und Ostfriesland setzen dürfte.
Die beiden Teile unterscheiden sich voneinander.

Der erste hat mehr Prunk.
Der zweite mehr Kraft.
Doch sind sie beide in Gehalt und Form einander völlig wert.
Die Kenntnis dieses Gedichts gehört zu einer Bildungsstufe der Nation.
Und zwar deswegen, weil es die Einbildungskraft erhöht, das Gefühl anregt, die Neugierde erweckt, und um sie zu befriedigen, uns zu einem Urteil auffordert.
Jedermann sollte es lesen, damit er nach dem Maß seines Vermögens die Wirkung davon empfange.
Damit nun dem Deutschen ein solcher Vorteil werde, ist die vorliegende Behandlung höchst willkommen …
Wir enthalten uns alles Weiteren, indem wir uns auf das oben Gesagte beziehen. Dies Werk ist nicht da, ein für allemal beurteilt zu werden, sondern an das Urteil eines jeden Anspruch zu machen und deshalb an Einbildungskraft die der Reproduktion fähig ist, ans Gefühl fürs Erhabene, Übergroße, sodann auch das Zarte, Feine, für ein weitumfassendes Ganze und für ein ausgeführtes Einzelne. Aus welchen Forderungen man wohl sieht, daß sich noch Jahrhunderte damit zu beschäftigen haben.«

Die Notizen sind ein für Goethe ungewöhnliches Allerlei aus zeitgenössischen Gemeinplätzen und klugen Einsichten, getränkt von uneingestandenen Abneigungen. Nur selten hat er den Mißmut, den er vor dem Nibelungenlied empfand, offen ausgesprochen. An den Kunstsammler Sulpiz Boisserée schrieb er (1827), man fühle sich bei diesem Werk ungemütlich wie vor einem »kolossalen Bild«, weil man es sich weder aneignen noch sich auf dieselbe Höhe stellen könne. An anderer Stelle schrieb er, unser

Leben sei doch schon genug durch Schicksal und persönliche Leidenschaften erschüttert, da bräuchten wir nicht auch noch diese »Dunkelheiten einer barbarischen Vorzeit«. Das ist deutlich.

In seinen letzten Jahren verwischte er allerdings die Spuren seines Unmuts. Am 2. April 1829 fällte er im Gespräch mit Eckermann das berüchtigte Urteil: »Das Classische nenne ich das Gesunde, und das Romantische das Kranke.« Ein Satz wie ein Fallbeil. Nach allem, was wir bis hierher von ihm wissen, möchte man nun annehmen, auch das Nibelungenlied gehöre für ihn zum romantisch Kranken. Aber nein: Urplötzlich erfolgt hier eine scheinbare Ehrenrettung, denn unmittelbar nach dem zitierten Satz fährt Goethe fort: »Und da sind die Nibelungen klassisch wie der Homer, denn beyde sind gesund und tüchtig.« Und zwar sei das Alte deshalb klassisch, weil es »stark, frisch, froh und gesund« sei.

Wir kommen ein wenig ins Staunen: Das Nibelungenlied – »frisch, froh und gesund«? Füssli hatte es ganz anders gelesen und gesehen. Und dann dies: klassisch »wie der Homer«? Wiederholt der Autor, zwei Generationen später, immer noch das Fehlurteil Bodmers, der das Nibelungenlied für eine Art deutsche ILIAS hielt?

Bei allen Unterschieden haben diese beiden untypischen Zeitzeugen, der Schweizer Maler und der Weimarer Klassiker, eines gemeinsam: Wie nur wenige andere hielten sie sich fern von jeder bloß nationalen Literatur-Begeisterung. Der Visionär mit seinem Blick für die verborgenen Psychodramen im Epos, die keiner vor ihm entdeckte, aber auch keiner nach ihm; und der Skeptiker, indem er das ihm unbehagliche Werk nicht näher als auf Armeslänge an sich heranließ.

»Vaterländische Alterthümer«

Goethes Ablehnung der Romantik war wohl so ernst nicht gemeint: Wenn es ihm gerade paßte, so erklärte er ein Werk einfach für »froh und tüchtig«, und schon war es klassisch – wie das Nibelungenlied. Fairerweise sollte man übrigens anmerken, daß der Großschriftsteller den oft zitierten Urteilssatz nicht in sein Tagebuch oder andere Aufzeichnungen übernommen hat. Er ist uns nur durch Eckermann überliefert. Goethe wußte natürlich, daß der neue literarische Aufbruch durch das schlichte Begriffspaar »gesund – krank« nicht zu fassen war.

Richtig war jedoch seine Beobachtung, daß ab 1806 mit einem Mal eine gesteigerte »patriotische Betätigung« aufkam, die sich vorzüglich an älterer Literatur erwärmte. Sie ließ auch seinen wöchentlichen Damenkreis nicht unberührt.

Vorbereitet war diese Begeisterung bereits durch die Frühromantiker. Ludwig Tieck zum Beispiel hatte sich schon 1801 intensiv mit dem Nibelungenlied beschäftigt und plante eine eigene Ausgabe. Ihren Erfolg schätzte er allerdings viel zu hoch ein, als er seinem Verleger schrieb, »daß dies Werk, wenn nicht alle Zufälle dagegen sind, Sensation machen muß«.

Bedeutsamer waren hier vor allem die Vorlesungen August Wilhelm Schlegels zur Geschichte der romantischen Literatur, also auch über das Nibelungenlied (im Wintersemester 1803/04). Zwar verglich auch er das Epos mit ILIAS und ODYSSEE, aber schon wird bei ihm, wenn auch noch verhalten und eher selten, ein eigener, nationaler Ton hörbar: »Die griechische Tragödie hat ihre Stoffe vielfältig aus dem Homer genommen: Wenn es überhaupt noch gelingen mag, unsere Nationalmythologie zu erneuern, so können aus dieser einen epischen Tragödie eine Menge enger beschränkte dramatische entwickelt werden.« Er nennt das Nibelungenlied »ein erhabenes Werk der Kunst«, in seinen Menschen sei »der deutsche Nationalcharakter im größten Stil ausgeprägt«. Aber Bewertungen dieser Art fanden noch keinen Widerhall. Die entscheidende Resonanz erhielten die romantische Bewegung und ihre nationalen Obertöne erst durch die Zeitgeschichte.

Nach der Schlacht von Austerlitz 1806 schied das von Napoleon besiegte Österreich aus dem Deutschen Reich aus. Sechzehn deutsche Fürstentümer schlossen mit dem Franzosen den »Rheinbund«, woraufhin der deutsche Kaiser, Franz II., die Reichskrone niederlegte und sich nur noch »Erbkaiser von Österreich« nannte. Damit war am 6. August 1806, nach fast neunhundert Jahren, das »Heilige Römische Reich Deutscher Nation« auch formal untergegangen. Nach den französischen Siegen von Jena und Auerstedt nur zwei Monate später und dem Frieden von Tilsit hatte auch der letzte unabhängige deutsche Staat, Preußen, seine Souveränität verloren. Das Ex-Reich stand unter französischer Besatzungsmacht.

Bis dahin hatte man sich alles Französische zum Vorbild genommen, aber das änderte sich nun. Henriette Herz, die in Berlin einen großen literarischen Salon unterhielt, blickt in ihren späteren Memoiren auf das Katastrophenjahr 1806 zurück: Jetzt legten die »gebildeteren Klassen ohne alle Ostentation, still, vorsichtig, die französische Literatur beiseite und griffen zur deutschen. Aber zu welcher? Darin steckte wieder eine Feinheit. Zur altdeutschen, als der, welche man – damals – von allen romantischen Einflüssen frei glauben durfte. Noch war von derselben wenig publiziert, was dem größeren Publikum zugänglich gewesen wäre. Tiecks MINNELIEDER AUS DEM SCHWÄBISCHEN

ZEITALTER, die soeben sehr gelegen erschienenen DEUTSCHEN GEDICHTE DES MITTELALTERS, von Büsching und von der Hagen herausgegeben, und eine Übertragung des Nibelungenliedes bildeten ungefähr das zugängliche Material, und man nahm nicht Anstand in kleinen vertrauten Kreisen – größere gab es damals keine –, Kraft, Innigkeit, Minnigkeit, Ritterlichkeit, Gemütlichkeit und Tiefe der Altvorderen mit derjenigen gemäßigten Ekstase zu bewundern, welche eine Zeit, zu welcher die Wände noch einige Ohren mehr hatten als gewöhnlich, als die allein unbedenkliche erschien.« Ähnlich Sulpiz Boisserée: »In jener Zeit des deutschen Unglücks, wo man in allem Trost suchte, was einer besseren Vergangenheit angehörte, warf man sich, wie bekannt, auch auf unsere lang versäumten Sprachalterthümer ... Was uns in den öffentlichen und persönlichen Trübsalen nächst unseren Studien eine große Erholung gewährte, war die fortgesetzte Beschäftigung mit den vaterländischen Alterthümern.«

Was hier das Mittelalter in der verstörten Wahrnehmung der Besiegten so attraktiv machte, war ein noch ungeteiltes Land, eine eigene Kultur und ein starker Herrscher – alles, was der traurigen Gegenwart fehlte. Allein die Literatur jener schönen Zeit, so schien es, nur die Erinnerung ans Vergangene konnte die Gebeugten wieder ein wenig aufrichten.

Der Nibelungen-Übersetzer von der Hagen ging nun einen entscheidenden Schritt darüber hinaus, indem er in dem Epos nicht mehr nur Trost und Erholung sah, sondern das Versprechen einer großen politischen Zukunft: »In der schmachvollen Zeit des Vaterlandes war es mir, mit vielen Freunden, ein großer Trost, eine wahre Herzstärkung und eine hohe Verheißung der Wiederkehr Deutscher Weltherrlichkeit.«

Im Vorwort zu seiner Übersetzung von 1807 kommt die Absicht dann unverhüllt zur Sprache. Die ersten Schritte hin zum Nationalmythos sind gut erkennbar. Man suche in der Dichtung der Vergangenheit, schreibt er, »was in der Gegenwart schmerzlich untergeht«, das Werk sei »durchaus aus Deutschem Leben und Sinn erwachsen«, und »kein anderes Lied mag ein vaterländisches Herz so rühren und ergreifen«. Es ist ein Werk, das zwar alles »in den Untergang reißt, aber eben in diesem Sturze die herrlichsten männlichen Tugenden offenbart [und jetzt wird der Katalog, der bei Henriette Herz geradezu biedermeierlich klang, ins entschieden Martialische fortgeschrieben]: Gastlichkeit, Biederkeit, Redlichkeit, Treue und Freundschaft bis in den Tod, Menschlichkeit, Milde und Großmuth in des Kampfes Noth, Heldensinn, unerschütterlicher Standmuth, übermenschliche Tapferkeit, Kühnheit, und willige Opferung für Ehre, Pflicht und Recht«. Das Nibelungenlied erfüllt uns demnach »mit Ergebung in das Unabwendliche, doch zugleich mit Muth zu Wort und Tat, mit Stolz und Vertrauen auf Vaterland und Volk, mit Hoffnung auf dereinstige Wiederkehr Deutscher Glorie und Weltherrlichkeit«.

Wenn man so etwas liest, versteht man, warum Goethe sich höflich für die zugesandte Ausgabe bedankte, aber sich nicht weiter dazu äußern mochte – und das, bewundernswerterweise, ohne unsere Erfahrungen mit der politischen Anwendung einer solchen Rede.

Ihren Höhepunkt erreichte die deutsche Nibelungen-Begeisterung mit den Befreiungskriegen gegen Napoleon. Jetzt häuften sich auch seltsame bis lächerliche Aufwallungen der nationalen Gefühle. August Zeune, von Haus aus eigentlich Geographieprofessor und Leiter der Berliner Blindenanstalt, hielt in ganz Deutschland agitatorische

Ein besonders kurioses Patriotismus-Beispiel während der Freiheitskriege

Im Jahr 1813 hatte die Nationalbegeisterung auch eine Gruppe durchaus namhafter Universitätslehrer ergriffen. Ihr Kollege, der Philosoph Friedrich Köppen, beschreibt die sonderbare Geschäftigkeit: »Die Professoren der Universität Berlin bildeten einen eigenen Trupp und übten sich häufig in der Waffe, der kleine bucklige Schleiermacher, der kaum die Pike tragen konnte, auf der äußersten Linken; der baumlange Savigny auf dem rechten Flügel; der lebhafte, knirpsige Niebuhr exerzierte, daß die nur federgewandten Hände Schwielen bekamen; der ideologisch tapfere Fichte erschien bis zu den Zähnen bewaffnet, zwei Pistolen im breiten Gürtel, einen Pallasch hinter sich herschleppend … Der alte Schadow führte die Schar der Künstler, Iffland die Helden der Bühne, diese wie jene meist abentheuerlich-mittelalterlich und phantastisch-theatralisch kostümiert.«

Vorträge über das Nibelungenlied und gegen den »Götzendienst der Französelei«. Als er in Breslau sprach (1812/13), füllten dreihundert Studenten »nicht nur den größten Hörsaal, sondern auch die Vorsäle«. Er muß überzeugend gewesen sein, denn als »viele Jünglinge dies Lied als ein Palladium in den bevorstehenden Feldzug mitzunehmen wünschten«, ließ er für die künftigen Soldaten eine kleinformatige Ausgabe des Nibelungenliedes drukken, einen »lieben und treuen Zeltkameraden«.

Damit war Zeunes Tatendrang aber noch nicht erschöpft. Er kam nämlich auf die Idee, blinde Jünglinge so auszubilden, daß sie »als wandernde Liedsprecher in Städten und Dörfern die Aventiuren vortrugen von Siegfrieds Thaten und der Nibelungen Noth« (Ulrich Schulte-Wülwer). Und natürlich finden wir bei dem engagierten

Zeune einen wenn nicht nationalistischen, so doch stark antifranzösischen Impuls. Das Nibelungenlied ist ihm ein »Spiegel der Deutschheit«, Napoleon der drachenförmige »Schlangenkaiser«, und Siegfried muß »unseren heiligen deutschen Boden« abermals von diesem Gewürm befreien.

Eine leichtgängige Ideologiekritik nahmen die hier zitierten Personen gern als Beleg dafür, daß damals eine unheilvolle Entwicklung begann, die ihren schrecklichen Gipfel – und ihr Ende – in Görings Stalingrad-Rede hat, wenn nicht gleich im Zweiten Weltkrieg. Noch heute ist es zum Beispiel in einer Fernsehsendung über das Nibelungenlied Brauch – obgleich kein guter! –, zwischen einem als Nationalmythos verstandenen Nibelungenlied und einem angeblichen deutschen Nationalcharakter Parallelen, Berührungen, gar Übereinstimmungen zu entdecken. Ein genaueres Hinsehen auf die Zitate berechtigt aber nicht zu so pauschalen Aussagen, so politisch korrekt sie auch immer sein mögen.

Wir müssen hier in erster Linie die soziale Schichtung berücksichtigen: Mit »nationaler« Literatur ließ sich allenfalls eine gebildete Oberschicht erreichen, die vor zweihundert Jahren noch erheblich dünner als heute gewesen sein dürfte (so klingt denn auch die Behauptung Zeunes, er habe seine »Feld- und Zeltausgabe« auf vielfältigen Wunsch hergestellt, stark nach Eigenwerbung: Zu seiner Zeit bestand die Hälfte der deutschen Bevölkerung aus Analphabeten). Nicht umsonst stammen alle damaligen Rezeptionsbelege aus dem Literatur- und Universitätsbetrieb. Zudem darf man die widersprechenden Zeugnisse aus diesen Jahren nicht einfach ausblenden. Sie lassen sich mindestens ebenso zahlreich beibringen – und stammen von gewichtigeren Autoritäten als Zeune, von der Hagen oder anderen Fanatikern.

Da ist zuerst einmal der Sprachforscher Wilhelm Grimm. In seiner Rezension der von der Hagenschen Ausgabe übernimmt er vom Pathos des Herausgebers allenfalls die Trost-Funktion, während er die nationalhysterischen Anteile mit Stillschweigen übergeht (er verunglimpft den Herausgeber sogar in einem Brief an Savigny vom Januar 1810: von der Hagens Leben sei »etwas Widerliches«, er habe nämlich eine Frau geheiratet, die sechs Jahre in einem Bordell gearbeitet habe).

Dann August Wilhelm Schlegel, der sich so energisch für den »Nationalcharakter« im Nibelungenlied eingesetzt hatte: Noch im Jahr 1812 beklagt er das schwache zeitgenössische Echo auf seine Bemühungen. Ähnlich, nur konkreter, Helene Unger, die Verlegerin der von der Hagenschen Nibelungen-Übersetzung. In einem Brief an August Wilhelm Schlegel (1809) schreibt sie, das Nibelungenlied werde in Deutschland zwar gelobt, aber nicht gekauft.

Zwei Jahre später hat sich dieser Zustand nicht verändert: »Die Nibelungen liegen wie Blei, und außer denen, die ich verschenkt habe, und die der He. v. d. Hagen verschenkte, kommen nur die verhaßten Remittenda, von 30 verschriebenen, remittiert 29. Diß ist buchstäblich war, trotz dem, daß Profeßor Luden in Jena darüber ließt und andre ein großes Holzhacken darüber anstellen. Trotz dem, daß He. v. d. Hagen, bei hiesiger Universität einen Lehrstuhl eröffnete, Kollegia ankündigte, was mit Jubel erwiedert wurde, und zu welchem sich dennoch nur ein sage 1 Zuhörer fand, die privaten Vorlesungen hatten nicht bessern Fortgang; und somit ist dem altdeutschen Wesen der Stab gebrochen.«

Nach diesem Urteil aus der Praxis kann sich die Begeisterung für die neue Nationalliteratur nur in sehr engen Grenzen bewegt haben.

Zu den frühen Kritikern der Nibelungentümelei gehört der populäre Dramatiker August von Kotzebue. In seinen POLITISCHEN FLUGBLÄTTERN wendet er sich vor allem gegen Bemühungen, das Nibelungenlied in den Unterricht zu bringen:

»Das ist fürwahr zu arg und heißt mit andern Worten: man solle der lieben Schuljugend Napoleons Grundsätze predigen.« Denn für ihn ist nicht der Drache, sondern Siegfried selbst mit Napoleon gleichzusetzen, und die Taten und Untaten des Helden sieht er im Kaiser der Franzosen wiederkehren; sie sind also kein Vorbild, sondern gefährlich: »Wenn aber in unseren Tagen Schriftsteller sich so weit vergessen, das Lesen derselben der Jugend als ein Bildungsmittel zu empfehlen, so weiß man nicht, was man davon denken soll. ... Man weiß, welchen starken Eindruck romantische, ausserordentliche Thaten auf junge Gemüter her bringen; man erinnere sich der Knaben, welche, nachdem sie Schillers RÄUBER gelesen, in allem Ernst auszogen, um eine Räuberbande zu bilden. Nun vollends in unserer Zeit! wo so viele, kaum dem Knabenalter entwachsene Jünglinge zu den Waffen müssen gerufen werden! Man denke sich einen Solchen, der mit dem Nibelungenlied im Kopfe, sich in Feindes Landen irgendwo seiner überlegenen Stärke bewußt ist, ... fürwahr er wird blos an den Ruhm denken, den Siegfried sich erworben, er wird sein Schwerdt durch die Luft pfeifen lassen und sprechen: ›es mag nun Jemand lieb oder leid seyn, ich will es von Euch erzwingen‹.«

Es tut diesem Zeugnis keinen Abbruch, daß ihm Zeune bald darauf widersprach: Die Besorgnis, »daß Jünglinge, die die Nibelungen kennen, roh gegen Feinde seyn würden«, habe sich nicht bestätigt, sie hätten sich vielmehr musterhaft betragen, »im Kampfe stark, in Ruhe mild«.

Ein Beweis für die Wirkung Kotzebues ist sein gewaltsames Ende. Am 23. März 1819, nachmittags um fünf Uhr, wurde er von Karl Ludwig Sand, einem nationalistischen Burschenschafter, in seiner Wohnung mit den Worten »Hier, du Verräter des Vaterlandes!« erstochen. Möglicherweise hatte Kotzebue mit seiner Warnung vor Nachahmungstätern des Nibelungenliedes doch nicht so unrecht.

Das Hauptargument gegen eine zu hohe Bewertung des völkischen Nibelungen-Enthusiasmus lautet: Er war ein Strohfeuer. Schon um 1815, nachdem Napoleon in Waterloo besiegt war, ließ die Begeisterung nach, und spätestens 1820 war sie zu Ende. Nun konnte sich Heinrich Heine sogar leicht makaber lustig machen über jüngst Vorgefallenes (in einem Brief an Rudolf Christian vom 7. März 1824): »Ich will nicht weiterschreiben, ein Altdeutscher könnte mich überraschen und mir den Dolch ins undeutsche Herz stoßen mit einem pathetischen: Stirb, verfemter Zwingherrnknecht und Vaterlandsverräter! Aber ich ergreife dann das neben mir liegende Nibelungenlied und halte es als Schild dem jenäischen Don Quixote entgegen, und der Dolch entfällt ihm, und er faltet betend die Hände: O sancta Chrimhilda, Brunhilda & Uta, ora pro nobis!«

In der Folge beschäftigte sich die neu etablierte Sprach- und Literaturwissenschaft mit den Nibelungen, mit der gebotenen Sorgfalt und Unaufgeregtheit. Die erste Göttinger Vorlesung von Wilhelm Grimm über das Nibelungenlied kam mangels Interesse zwar nicht zustande, aber beim erneuten Angebot im Sommersemester 1832 schrieben sich immerhin 22 ordentliche Hörer ein – weniger aus Interesse als aus prüfungstechnischen Gründen. Dem Kollegen Lachmann schrieb er dazu: »Ich erkläre diesen Sommer das Nibelungenlied ... Wenn ich den geringen Bestand der ... Universität betrachte, so ist mein Auditorium, in welchem 22 rechtmäßige Hörer sitzen, ansehnlich genug. Nur darf mich das nicht stolz machen, denn es ist bloß eine Folge der Anordnung, daß diejenigen, welche Gymnasiallehrer werden sollen, auch in der alten Sprache sollen examiniert werden und seit einem halben Jahr (durch Jacob) auch examiniert sind.«

Lachmann selbst hatte 1836 in seinem Berliner Nibelungen-Kolleg lediglich acht Hörer – von der Hagen allerdings (wie er seinem Freund Karl Benecke schadenfroh schrieb) noch weniger: nur einen, wie schon 1809.

In seinen VORLESUNGEN ÜBER DIE ÄSTHETIK äußert sich Hegel bereits 1818/20 ziemlich leidenschaftslos über das Werk: »In dem Nibelungenlied z. B. sind wir zwar geographisch auf einheimischem Boden, aber die Burgunder und König Etzel sind so sehr von allen Verhältnissen unserer gegenwärtigen Bildung und deren vaterländischen Interessen abgeschnitten, daß wir selbst ohne Gelehrsamkeit in Gedichten Homers uns weit heimatlicher empfinden können.«

Eine vergleichbare, noch etwas kritischere Beurteilung bietet der Schriftsteller und Philosoph Friedrich Theodor Vischer (1844): »Unser heimisches Heldenlied, dem griechischen so verwandt wie die Poesie keines anderen Volks, steht darin im höchsten Nachteil gegen die griechische Sage, daß diese eine geschichtlich nachweisbare Volks-Unternehmung zum Inhalt hat ... Unsere Heldensage hat nicht die Stürme der Völkerwanderung, nicht den großen Sieg über die Römer zum Stoffe genommen; mit deutschem Eigensinn hat sie sich in eine Familiengeschichte eingehaust und sucht vergebens, das enge Interesse zu einem welthistorischen zu erweitern.«

Demnach brachte das mittelalterliche Epos selbst dem Bildungsbürger von damals nicht überall Trost und politische Erbauung. Es hatte auch seine Gegner.

Da wir später vor derselben Wirkungsfrage stehen, insbesondere in der Zeit des Nationalsozialismus, gehen wir sie noch von einer anderen, grundsätzlicheren Seite an.

Wer immer nur die jeweiligen Nibelungen-Zitate einer Epoche in den Blick nimmt, dem stellt sich die Rezeptionsgeschichte zwangsläufig als ein ununterbrochener Strom der Überlieferung dar, und wenn in dieser Darstellung von nichts anderem mehr die Rede ist, sieht es tatsächlich so aus, als beherrschten die Nibelungen gewissermaßen allein die kulturelle Szene, als wären alle anderen Werke der Zeit nicht erwähnenswert. Das ist aber offenkundig nie der Fall. Es gibt immer andere kulturelle Produkte, mit denen das Nibelungenlied im Wettbewerb steht. Und es gibt darüber hinaus wichtige Zeiträume, Gegenden und Gesellschaftsschichten, in denen das Nibelungenlied nicht die geringste Rolle spielt.

Natürlich ist ein negativer Beweis schlecht zu führen. Aber wir wollen es wenigstens versuchen. Wir rufen dazu einen unverdächtigen Zeugen auf: Heinrich von Treitschke, geboren 1834, erst nationalliberaler Abgeordneter, dann preußischer Staatshistoriker. In seinen KULTURHISTORISCH-LITERARISCHEN BILDERN beschreibt er auch »Literatur und Kunst im ersten Jahrzehnt des 19. Jahrhunderts«. Innerhalb der 43 Seiten wird auch kurz einmal die von der Hagensche Nibelungen-Ausgabe von 1807 erwähnt: in sechs Zeilen. Er nennt die Übersetzung »schülerhaft«, und die damals übliche Verwechslung von mittelalterlich und deutsch ist ihm reiner »Dilettantismus«. Immerhin erregte die Dichtung »in der Seele der Leser doch die frohe Ahnung, daß unser Volk sechshundert Jahre vor Goethe schon einmal eine große Zeit der Dichtung gesehen habe«. Das ist alles, was der Historiker über Nibelungisches in diesem Jahrzehnt zu sagen hat.

Energischere Beachtung schenkt er drei ganz anderen literarischen Erzeugnissen der Zeit: Der 1808 erschienene FAUST, schreibt Treitschke, war den Zeitgenossen »wie ein symbolisches Bild der vaterländischen Geschichte«; DES KNABEN WUNDERHORN hatte von allen romantischen Erzeugnissen die »folgenreichste Wirkung«; und die populärwissenschaftlichen ANSICHTEN DER NATUR von Alexander von Humboldt nennt er ein »Zeichen der Zeit«. Von solchem Gewicht und ernsthafterem Erfolg also waren die Werke, die damals den intellektuellen Diskurs bestimmten.

In einer zweiten Untersuchung, DICHTUNG UND KUNST NACH DEM BEFREIUNGSKRIEGE, ist auf 74 Seiten vom Nibelungenlied nur einmal im Vorübergehn die Rede (bei Ludwig Uhland: »Die Heldengestalten unserer alten Dichtung, des Waltherliedes und der Nibelungen, erweckten zuerst seine poetische Kraft.«). Den romantischen Epigonen werden »sittliche und ästhetische Schwächen« bescheinigt. Treitschke konstatiert eine gewachsene Verbreitung der Gebrauchs- und Trivialliteratur: die Bestseller der Epoche sind Rottecks WELTGESCHICHTE, Zschokkes STUNDEN DER ANDACHT und die Übersetzung von Walter Scotts Romanen; den Büchermarkt verstopft überhaupt »die unübersehbare Menge der gehaltlosen Unterhaltungsromane und Taschenbuchsgedichte«, darunter H. Clauren (etwa mit seiner zu Recht vergessenen Erzählung MIMILI). Das Allerschlimmste: daß jetzt so viele Frauen diese Massenliteratur nicht nur lesen, sondern sogar schreiben. Als bedeutsam hervorgehoben werden andere und moderne Zeitzeichen: E. T. A. Hoffmann, Justinus Kerner und wieder Goethe; das Wiener Burgtheater, die Dramen von Ferdinand Raimund und von Kotzebue, Ludwig Tieck, der die Jugend immer wieder auf »die heiligen Vier, die Meister der neuen Kunst« verweist: Dante, Cervantes, Shakespeare und Goethe; die Anfänge einer »Wissensgesellschaft« (»Das einfache Bekenntnis der Unwissenheit galt für beschämend«), folgerichtig das erste deutsche Konversationslexikon (BROCKHAUS 1818) und die beginnende Technisierung, zum Exempel die Erfindung der Schnellpresse 1817.

Das ist zwar ein Bild aus der Sicht der späteren Kaiserzeit, und Treitschke ist sicher auch ein Kind dieser Epoche. Aber gerade seine unangenehmen Eigenschaften (elitär-konservativ, völkisch-nationalstolz) machen ihn hier zum geeigneten Zeugen: Wenn überhaupt von jemandem die fortgesetzte Verherrlichung des Nibelungenliedes zu erwarten war, dann von ihm. Statt dessen liefert er ein kulturelles Zeit-Porträt, in dem das Epos nur auf sehr niedriger Stufe einen Platz erhält oder gar nicht mehr vorkommt. Und erkennbar haben Treitschkes Bewertungen den Test der Zeit gut bestanden.

Nie wieder in der deutschen Geschichte hatte das Nibelungenlied so gute Chancen, zu einer gelesenen Dichtung von hohem Rang zu werden, wie in den Jahrzehnten 1800 bis 1820. Die Umstände waren selten so günstig: die Entdeckung einer eigenen großen literarischen Vergangenheit im Augenblick der verlorenen staatlichen Einheit und Unabhängigkeit und die förderliche Synergie der romantischen Bewegung insgesamt. Aber selbst unter so guten Startbedingungen ist das Nibelungenlied nicht in den kulturellen Allgemeinbesitz eingegangen.

Das Nibelungenlied der Fürsten

Zwei Tage vor seiner Hinrichtung forderte Carl Ludwig Sand, der Mörder Kotzebues, die deutsche Kunst auf, sie müsse jetzt »unseren Hermann, den Erretter des Vaterlandes, darstellen, stark und groß, wie ihn das Nibelungenlied unter dem Namen Siegfried nennt, der kein anderer als unser Hermann ist«.

Es gab, könnte man leicht überspitzt sagen, nach dem Abflauen der Romantik nur noch zwei Gruppen mit ungebrochener Begeisterung am Nibelungenlied: fanatische Einzelgänger und einige besonders konservative Oberhäupter kleindeutscher Einzelstaaten. Wie staatliche Autoritäten für ihre wechselnden Zwecke mit der mittelalterlichen Dichtung umgingen, läßt sich an Beispielen der bildenden Kunst und an der Einführung des Nibelungenliedes in den Schulunterricht demonstrieren.

König Ludwig I. von Bayern war gefürchtet für seine sprunghaften Richtungswechsel in künstlerischen Dingen. Wenn ihm auf seinen Auslandsreisen etwas gefiel, hatten seine heimischen Künstler es daheim nachzubauen: mal Antiken-Imitationen, mal florentinische Importe, mal eine neobyzantinische Schloßkapelle (wenn's ihm passe, schrieb Gottfried Semper boshaft, bestelle er »eine Walhalla à la Pitti oder gar einen Bazar im türkischen Geschmack«). Als er die Wandmalereien der Münchner Residenz plante, schwankte er zuerst zwischen einer klassizistischen und einer altdeutschen Variante und suchte dann einen Kompromiß zwischen beiden: Peter von Cornelius sollte ihm eine Nibelungen-Serie und Schnorr von Carolsfeld Szenen aus der Odyssee liefern und außerdem Johann Friedrich Overbeck die Ludwigskirche ausmalen. Aber dann sagte ihm Overbeck ab, und so bekam Cornelius die Ludwigskirche und Schnorr von Carolsfeld den Nibelungen-Zyklus in der Residenz.

Der Anfang stand unter keinem guten Stern. Schnorr geriet über die atemberaubende Änderung seines Auftrags ins Nachdenken, und erst jetzt wurde ihm bewußt, daß ihm die romantische Kunst »immer fremder und fremder zu werden beginnt«, das Alte Testament und der Homer jedoch »immer lebendiger«. Auch der Zeichner Ludwig Richter sah das Talent Schnorrs eher in der Antikenmalerei. Und sein Kollege Johann David Passavent kritisierte, die Idee sei »die Laune eines einzigen« und diene nur der »Ergötzung und Prachtentfaltung« eines Fürsten.

Gleichwohl: 1831 begannen die Arbeiten. Sie wurden vier Jahre später, als Schnorr von Carolsfeld gerade im zweiten der fünf Säle angelangt war, vom König schon wieder unterbrochen: Jetzt sollte ihm der Maler möglichst schnell den Festsaal dekorieren. So zog sich die Fertigstellung des Nibelungen-Zyklus bis 1867 hin.

Der König fand einige wenige Parteigänger für seinen rückwärtsgewandten Geschmack, etwa den Kunsthistoriker Athanasius Graf Raczynski oder auch den Sprachforscher und Turner Hans Ferdinand Massmann. Aber insgesamt überwog die Kritik. Cornelius weigerte sich sogar, vor die Bilder zu treten, weil er nicht gezwungen sein wollte, abfällig über einen Freund zu urteilen. Clemens von Brentano erschrak »über das schauderhaft plumpe, leichtsinnige Ungeschick des Glanzes«, und Friedrich Schinkel fand die Malerei »nicht grossartig, sondern so thuend, nicht farbenwarm, sondern bunt«.

Auch der politisch motivierte Widerspruch machte sich Luft. In den beißenden Worten des Dichters Georg Herwegh wird vor allem der Opportunismus der Künstler angeprangert: »Timeo Danaos et dona ferentes – denke ich immer, wenn ich an München denke. Wir müssen von vornherein gegen alles Mißtrauen hegen, was nicht eine echte unmittelbare Blüte des Volksgeistes ist. Wir, die Demokraten, müssen es, und, wenn wir auch dem geschickten Künstler die Hand voll Liebe und Bewunderung drücken, dem Systeme, für das er sich brauchen läßt, fluchen. ... Die Münchener Kunst ist eine schöne Lüge, die Münchener Künstler sind Sklaven.« Das war ganz im Sinn von Gottfried Keller, der in seinem Sonett »An die deutschen Künstler« verlangte:

»Laßt fahren Mythos, Nibelungen, Bibel!
Die alten Träume sind genug gedeutet,
Der alte Drache ist genug gehäutet
Und ausgewachsen längst die alte Zwiebel.«

Das Publikum quittierte die verordnete Kunst mit gezielter Gleichgültigkeit. In den vierziger Jahren konnte Moritz von Schwind »in ganz Deutschland ... keine zehn Menschen« entdecken, die so etwas wie ein Nibelungenlied kaufen würden. Über das Desinteresse seiner Studenten »an vaterländischer Sprache und Literatur« beschwerte sich Hoffmann von Fallersleben. Auch der berühmte Nibelungenübersetzer Karl Simrock klagte in einem Brief an Wilhelm Grimm: »Wie wenig das große Publicum noch von den Nibelungen, geschweige denn von den übrigen Geschichten des Heldenbuchs weiß, ist unglaublich.«

Wie der bayrische, so meinte auch der preußische König, Friedrich Wilhelm IV., der spätere Kaiser Wilhelm I., seine Repräsentationssäle im Potsdamer Marmorpalais mit Nibelungen-Motiven ausmalen zu sollen. Daß ihn Herwegh aufgefordert hatte, in der Politik der deutschen Einheit »auf die morsch gewordenen Ritterideale des Mittelalters« zu verzichten, überhörte der König. Und anders als in München, wo die Bilder wenigstens Kritik hervorriefen, wurden die Berliner Monumental-Nibelungen nicht einmal mehr negativ erwähnt; offenbar wurden sie einfach »totgeschwiegen« (Ulrich Schulte-Wülwer).

Bayern und Preußen sind die beiden einzigen der 39 deutschen Staaten, die ihre Residenz mit Nibelungen-Dekors verzierten. Nachahmer fanden die beiden Fürsten allenfalls im späteren Finanzadel und im reich gewordenen Großbürgertum der Gründerjahre. Ein Beispiel dafür ist der Suezkanal-Spekulant Stephan Sarter: Er ließ sich in den achtziger Jahren in seine neugotische Drachenburg bei Königswinter am Rhein ein »Nibelungenzimmer« hineinmalen; gewohnt hat er darin nicht, da er schon 1890, durch einen Börsenkrach ruiniert, nach Frankreich fliehen mußte.

Auch die schulische Nibelungen-Politik paßt so gar nicht in ein Bild bruchlos begeisterter Tradition. Die Schulbehörden, selbst im Kaiserreich, sind nämlich alles andere als begierig, das Nibelungenlied in den Unterricht einzuführen. Drei Gründe waren dafür maßgebend. Zunächst befürchteten die Herrscher das revolutionäre Potential der mittelalterlichen Dichtung, da die Romantiker ja für die deutsche Einheit, und das hieß: gegen die Kleinstaaterei aufgetreten waren (Befürworter des Nibelungenliedes wiesen indes ausdrücklich darauf hin, daß die Vision des geeinten Reiches keinesfalls den Gehorsam gegenüber dem jeweiligen Fürsten untergrabe).

Sodann konkurrierte das Nibelungenlied wie schon seit seiner Entdeckung nach wie vor mit dem Homer, den das humanistische Gymnasium nicht so ohne weiteres aufgeben oder auch nur relativieren lassen wollte. Und schließlich waren gelegentlich wichtige Entscheidungsträger etwas näher am Puls der Zeit und verwiesen auf die Antiquiertheit einer solchen Nibelungen-Pädagogik.

Dabei fehlte es in dieser Zeit nicht an Versuchen, einen sogenannten »altdeutschen« Unterricht zu etablieren. Solche Vorstöße hatten ihre Erfolge – und ihre Rückschläge.

Von dem Homer-Übersetzer Johann Heinrich Voss, selbst Rektor eines Gymnasiums in Eutin in Holstein, ist der Ausspruch überliefert, das Nibelungenlied auf eine Stufe wie die ILIAS und die ODYSSEE zu stellen, »hieße einen Saustall mit einem Pallast zu vergleichen«. Das hielt jedoch einen Fanatiker wie den Lehrer Karl Besseldt nicht von der Forderung ab, das Nibelungenlied müsse in den Unterricht, damit es neben der Bibel das meistgelesene Buch der Deutschen werde. Selbst August Wilhelm Schle-

Das Nibelungenlied in der Schule

Ein Deutsch-Lehrbuch von 1899 aus dem sächsischen Altenburg »vorzugsweise für die oberen Klassen der Gymnasien und höheren Lehranstalten« bietet dem Schüler 41 Musteraufsätze (davon keinen über das Nibelungenlied), 340 »Dispositionen« und 500 Aufsatz-Vorschläge (davon keinen zum Nibelungenlied) – durchwegs historisch-literarisch-idyllische Themen. Hier eine der fünf Dispositionen zu Themen aus dem Nibelungenlied:
Die Charaktere Siegfrieds im Nibelungenliede.

I. Einleitung. Das Nibelungenlied weniger durch Vollendung der Form, als durch Zeichnung der Charaktere ausgezeichnet. Besonders der Charakter Siegfrieds vortrefflich angelegt.

II. Ausführung. Seine Eigenschaften sind:
   A. Heldensinn. Dieser zeigt sich
      1) in dem Kampfe mit den Hütern des Schatzes;
      2) in dem Beistand, den er Gunthern bei seiner Werbung um Brunhilde gewährt;
      3) in dem Zuge gegen den Sachsen- und Dänenkönig.

gel forderte gleichlautend (wenn auch unter Berufung auf eher nationalistische Turnvater-Jahn-Argumente) diese Dichtung als Erziehungsinstrument der deutschen Jugend.

Gegen solche Pläne sprach sich öffentlich Jacob Grimm aus, in einem Artikel des GOTHAER ALLGEMEINEN ANZEIGERS von 1813 mit dem Titel »Auch etwas über die Wiedereinführung der altdeutschen Heldengedichte und besonders der Nibelungen in die Schulen«. Der Text war eigentlich als Parodie gedacht, wurde aber von einigen Verblendeten ernst genommen. Auch August von Kotzebue fand das Nibelungenlied rundheraus »geschmack- und phantasielos«; über die grobschlächtigen Charaktere, die man da den Schülern vorsetzen wollte, könne er sich nur lustig machen.

Andere Gegenargumente kamen sogar aus dem nationalistischen Lager: Das Nibelungenlied, hieß es dort, spie-

B. Bescheidenheit und Zartgefühl.
1) Er will zu Lebzeiten des Vaters nicht die Krone tragen;
2) selbst als er Gunthern die bedeutendsten Dienste geleistet, wagt er nicht, um Chriemhilde anzuhalten.

C. Edelmut.
1) Milde und Freigiebigkeit gegen seine Mannen;
2) er rät, den gefangenen König ohne Lösegeld zu entlassen.

D. Mitteilsamkeit seiner Geliebten gegenüber, seine einzige schwache Seite, die ihm auch zum Verderben gereicht.

III. Schluß. In Siegfried ist so recht der Charakter eines deutschen Helden mit allen seinen Vorzügen und Schwächen ausgeprägt. Homer hat wohl den Achill nicht besser gezeichnet als die Sänger des Nibelungenliedes den Siegfried.

le doch auf linksrheinischem Gebiet, das französisch beeinflußt sei, deshalb könnten dessen Sprache und Sitten kein Vorbild für eine deutsche Jugend sein. Der bizarre Einwand wurde nach dem Krieg 1870/71 von einem anonymen Pamphletisten erneut bemüht: Das Nibelungenlied sei nicht unterrichtsgeeignet, denn es stamme aus einer »zeit der verwelschung durch die römische geistlichkeit und das französische rittertum«.

Nach dem Sieg über Napoleon flaute der Druck auf die Behörden ein wenig ab, vielleicht auch weil die preußischen Lehrpläne 1816 den Lehrern erstmals anheimstellten, deutsche Dichtungen aus der Zeit vor dem 18. Jahrhundert zu unterrichten. Ähnliches galt seit 1824 auch in Bayern, etwas verpflichtender waren die Bestimmungen in Sachsen (1831), Hessen-Nassau (1846), Hannover und Österreich (1849).

Gegen diesen Unterricht erhob der weltoffene Arthur Schopenhauer die Stimme seiner scharfen Vernunft; in den PARERGA UND PARALIPOMENA (1851) schrieb er unter dem bezeichnenden Titel »Einige archäologische Betrachtungen«:

»Auf Gymnasien sollte keine altdeutsche Litteratur, Nibelungen und sonstige Poeten des Mittelalters gelehrt werden: diese Dinge sind zwar höchst merkwürdig, auch lesenswerth, tragen aber nicht zur Bildung des Geschmacks bei und rauben die Zeit, welche der alten, wirklich klassischen Litteratur angehört. Wenn ihr, edle Germanen und deutsche Patrioten, an die Stelle der griechischen und römischen Klassiker altdeutsche Reimereien setzt; so werdet ihr nichts Anderes, als Bärenhäuter erziehn. Nun aber gar diese Nibelungen mit der ILIAS zu vergleichen, ist eine rechte Blasphemie, mit welcher die Ohren der Jugend, vor Allem, verschont bleiben sollten.«

Auch die angesehenen Literaturwissenschaftler Gervinus, Lachmann und Wackernagel sprachen sich gegen die Nibelungen an der Schule aus.

Was jetzt folgte, war eine verblüffende Sägezahnpolitik. 1856 verbot Preußen den Nibelungen-Unterricht – ohne Begründung. Nur elf Jahre später folgte die Rücknahme des Verbots: Nibelungenlied und KUDRUN sollten entweder im Original, also auf mittelhochdeutsch, oder in Übersetzung gelesen werden. 1882 jedoch wurde der Unterricht im Mittelhochdeutschen erneut untersagt (ein Verbot, dem sich Österreich bald danach anschloß). Der Erlaß bewies sogar klaren Blick für die Wirklichkeit: Das schulische Übersetzen aus dem Mittelhochdeutschen sei ohnehin meist nur ein »ungefähres Rathen«.

Das ministerielle Hin und Her war nicht durch fachliche Aussagen verursacht, sondern durch schwankende Kräfteverhältnisse im Kampf zwischen dem humanistischen Gymnasium auf der einen Seite und der neuen, den »wirklichen« Gegenwartsfragen zugewandten Realschule auf der anderen Seite. Wieder erlebt man die immer noch weiterwirkende Konkurrenz zwischen Mittelalter-Poesie und ILIAS: Das Gymnasium befürwortete natürlich den Homer, die Realschule die »deutscheren« Nibelungen.

Die Gegner des Nibelungenlied-Unterrichts zogen nun auch Erfahrungen der Zeitgeschichte heran. In der ERZIEHUNGS- UND UNTERRICHTSLEHRE von Friedrich Wilhelm Fricke (1882) war zu lesen, der letzte Krieg habe doch gezeigt, daß es künftig auf Taktik, Ordnung und Wissenschaft ankomme, und die seien bei den Helden der Freiheitskriege eher zu lernen als in altdeutschen Gedichten (Nibelungentreue sei »Hundetreue« auf sittlich tiefer Stufe und außerdem: »Ein Siegfried kann und soll niemand werden!«).

Die interessierten Lehrerverbände erhoben wütende Proteste gegen das Verbot, deutlicher denn je einem schrillen national-prahlerischen Kitsch verhaftet. Immerhin konnten sie aber auf die übrigen deutschen Staaten verweisen, die kein solches Verbot erlassen hatten. Sogar einige angesehene Wissenschaftler wie Karl Burdach oder Rudolf Hildebrand schlossen sich dem Protest an.

Die Österreicher waren die ersten, die sich beeindrukken ließen und einen Rückzieher machten (1890). Preußen, etwas zögerlicher, führte zwei Jahre später die Kann-Vorschrift wieder ein. Auch in Baden, Württemberg, Bayern und Sachsen wurden jetzt die Deutsch-Lehrpläne in diesem Sinne umgeschrieben. Erst 1901 wurde in Preußen die Nibelungen-Lektüre wieder Pflichtfach. Hier hatte sich Seine Majestät Wilhelm II. persönlich eingeschaltet: »Wir sollen nationale Deutsche erziehen und nicht junge Griechen und Römer!« Und dabei blieb es bis 1918, bis zum Ende des Ersten Weltkriegs.

Danach war das fürstliche Pathos erledigt: Jetzt gab es keinen Nibelungen-Unterricht mehr.

Freundliche Übernahmen

In dem Bestreben, Material gegen das Nibelungenlied zu sammeln, schrecken manche Kritiker (etwa Klaus von See) nicht davor zurück, auch Ludwig Uhland als Zeugen der Anklage aufzurufen. Das Beweisstück ist dessen Gedicht »Siegfrieds Schwert« von 1812.

»Der Deutsche«, heißt es dann im vereinnahmenden Singular, sei darin »ein Träumer, ein Schöpferisch-Unvollendeter, ein ewiger Wanderer« (Beweis: Strophe 1: »Jung Siegfried war ein stolzer Knab', / Gieng von des Vaters

Burg herab.«) und »geringgeschätzt unter den Völkern« (Strophe 4: »Siegfried nur einen Stecken trug; / Das war ihm bitter und leid genug.«), der dann »aus eigener Kraft sich seine Position erkämpfte« (Strophen 12 und 13: »Nun hab ich geschmiedet ein gutes Schwert: / Nun bin ich wie andre Ritter werth; / Nun schlag ich wie ein andrer Held / Die Riesen und Drachen in Wald und Feld.«). Der Gedanke zeige »seine Virulenz erst sehr viel später«, aber hier liege der »Ursprung dieses neuen Geistes«. Soll heißen: Uhland – der Proto-Faschist.

In Wirklichkeit wurde Uhlands harmloser Märchen-Ton immer nur als gelingende Jugend verstanden (so auch in Gorch Focks KLAUS STÖRTEBEKER, wo der Vater beim

Romantiker und Demokraten

Ludwig Uhland hat, anders als viele andere, in der Zeit der Restauration sein Mäntelchen nicht nach dem politischen Wind gehängt. Im Dezember 1853 wurde er zum Ritter des Ordens pour le mérite ernannt. Hier seine Antwort (in einem Brief an Alexander von Humboldt, der ihn von der Auszeichnung unterrichtet hatte): »Ich würde mit literarischen und politischen Grundsätzen, die ich nicht zur Schau trage, aber auch niemals verleugnet habe, in unlösbaren Widerspruch geraten, wenn ich die mir zugedachte, zugleich mit einer Standeserhöhung verbundene Ehrenstelle annehmen würde. Dieser Widerspruch wäre um so schneidender, als nach dem Schiffbruch nationaler Hoffnungen, auf dessen Planken ich geschwommen bin, es mir nicht gut anstünde, mit Ehrenzeichen geschmückt zu sein, während solche, mit denen ich in vielem und Wichtigem zusammengegangen bin, weil sie in der letzten Zerrüttung weiterschritten, dem Verlust der Heimat, Freiheit und bürgerlichen Ehre, selbst dem Todesurteil verfallen sind.«

Anblick seines wohlgeratenen Sohnes denkt: »Wer den so gehen und stehen sah, dem mochte wohl das Gedicht von Uhland einfallen: Jung Siegfried war ein stolzer Knab ... Durch die Brust seines Vaters brauste ein solches Lied, das die Orgel übertönte.«).

Und die Universität Freiburg zählt das Gedicht auf ihrer Website noch heute zu den »1100 wichtigsten Gedichten der deutschen Literatur zwischen 1730 und 1900«. Überhaupt bietet Uhland keinerlei völkische Angriffsfläche. Man erinnere sich nur an seinen berühmten Ausspruch in der Paulskirche (1849): »Es wird kein Haupt über Deutschland leuchten, das nicht mit einem vollen Tropfen demokratischen Öls gesalbt ist.«

Friedrich de la Motte Fouqué, der den gesamten Nibelungenstoff in seine populären Stücke übernommen hatte, kommt zumeist gnädiger davon. Wahrscheinlich weil man ihn (abgesehen von seiner UNDINE) bei weitem nicht so ernst nehmen muß wie Uhland. Auch Heinrich Heine hielt nicht viel von SIGURD DEM SCHLANGENTÖDTER: »Er hat soviel Mut wie hundert Löwen und soviel Verstand wie zwei Esel.« Im zweiten Teil, SIGURDS RACHE, jagen sich die Stabreime wie dann erst wieder bei Wagner: »Lös mich lind auf, den bösen Gast / lös mich herschwellend, du Wellenspiel / birg mich in blanken Schlei'rs Umfang.«

Alle anderen Umdichter des Nibelungenliedes aus dem frühen 19. Jahrhundert, es sind ausschließlich Dramatiker, sind heute nur noch Fachleuten bekannt. August Kopisch, der eine CHRIMHILD-Tragödie schrieb, sagt vielleicht einigen Älteren noch etwas – als der Dichter der HEINZELMÄNNCHEN. In ebenso gnädiger Vergessenheit ruhen die Nibelungen-Umdichter der Jahre zwischen der Paulskirche und der Reichsgründung (etwa Wilhelm Osterwald, Reinald Reimar, Wilhelm Hosäus oder Ludwig Ettmüller).

In diese Zeit fällt aber auch eine bemerkenswerte literarische Ausnahme: Friedrich Hebbel, dessen Trilogie (1860) wie ein erratischer Block in der Ebene liegt. Er schrieb das Drama eigentlich gegen einen Vorgänger, Ernst Raupachs NIBELUNGEN-HORT von 1830. In diesem Stück, das er verachtete, spielte seine Frau Christine, die er liebte, die Kriemhild. Sozusagen nur, um ihr endlich eine wirklich große Rolle zu geben, schrieb er in siebenjähriger Arbeit seine augenblicklich erfolgreichen NIBELUNGEN (1860). Er wußte, daß man jedes Nibelungen-Drama mißbrauchen kann, und so bat er den »geneigten Leser« in einer Vorrede darum, »in dem Trauerspiel hinter der ›Nibelungen Not‹ nichts zu suchen als eben ›der Nibelungen Not‹ selbst«.

Das Stück steht also unter keinem heroischen Licht, vielmehr enthält es eine im Grunde tragische Geschichtsauffassung, aber die handelnden Personen sind dem Autor so plastisch, eigenwillig und selbständig geraten, daß das Stück noch heute gespielt werden kann (wie zuletzt in Leipzig 2001 unter der Regie von Alexander Lang). Die Charakterzeichnung stieß dem an glattere Figuren gewöhnten Jahrhundert allerdings unangenehm auf: kernig, meinten seine Kritiker, das schon, aber auch »absonderlich, ja ungeheuerlich«.

Selten in diesem Jahrhundert wurde der Nibelungenstoff für etwas anderes als die Bühne übernommen. Einer der wenigen, die daraus ein Epos machten, ist Wilhelm Jordan mit NIBELUNGE [sic] von 1867, das sogleich von Hans von Gumppenberg parodiert wurde. Aufwendig, aber unberechtigt pathetisch weist Jordan darauf hin, die Erzählung »aus verwitterten Resten wieder gewölbt« zu haben »zum Zeiten überdauernden doppelten Dome«.

»Es braucht eine hirschlederne Seele«, meinte Gottfried Keller zu solchem Stolz, »das alte und einzige Nibelungenlied für abgeschafft zu erklären, um seinen modernen Wechselbalg an die Stelle zu setzen.« Ebenso ablehnend ist Theodor Storm; er nennt die Zutaten des Autors »roh und doch sentimental, breit und kleinlich«. Unappetitlich auch die penetrant darwinistischen Obertöne, wenn etwa zum Beispiel Gunther seinem Gast Sigfrid – stabreimend – die »Stammeszukunft« erklärt: »Im Wölsungenstamme ringen wir stätig / Die Stärke zu steigern von Alter zu Alter / Und wählen die Weiber nicht aus nach Wollust, / Sondern in Sorge für kräftige Söhne, / Hehr und züchtig um Helden zu zeugen.«

Wenn man einen Zeitraum von etwa fünfzig Jahren jeweils vor und nach der Reichsgründung ins Auge faßt, so fällt ein gewisses Ungleichgewicht auf: Die Zahl der Nibelungen-Stücke nach 1871 ist erheblich höher, fast doppelt so hoch wie in der Zeit davor. Man bringt diese Produktionssteigerung gern mit dem Kaiserreich in Zusammenhang; der Stoff habe sich eben im wilhelminischen Talmi-Patriotismus einfach angeboten.

Dabei wird aber etwas Entscheidendes übersehen, ein Ereignis nämlich, das der Rezeptionsgeschichte des Nibelungenliedes eine völlig neue Richtung gab. Nur war es kein literarisches, sondern ein Musik-Ereignis: Richard Wagner.

In Wien, 1861, sind sich der gefeierte Nibelungen-Dichter Hebbel und der Komponist Wagner übrigens einmal begegnet. Beide pflegten eine beleidigte Abneigung gegen Nestroy, der sowohl Hebbels JUDITH als auch Wagners TANNHÄUSER persifliert hatte. Hebbels Urteil über den Komponisten ist herablassend: »Auch als bloßer Sauerteig, der einmal alles wieder in Gärung bringt, hat er seine Berechtigung, und ich wäre begierig, einmal eine seiner Opern zu hören.«

Um diese Zeit hatte Wagner bereits das gesamte RING-Libretto geschrieben und veröffentlicht (1853, als Privatdruck). Hebbel konnte ihm nichts abgewinnen: »Krüppelholz« nannte er den Text und blickte »mit Lächeln« auf ihn herunter. Ein Wagner-Konzert (das ein Kritiker als »Musik von Blut und Eisen« gerühmt hatte) besserte seine Meinung nicht, im Gegenteil: »Man wundert sich nur noch, daß man beim letzten Taktstrich nicht samt dem Komponisten und dem ganzen Theater in die Luft fliegt.«

Wagner revanchierte sich, indem er in seinem Essay »Über Schauspieler und Sänger« Hebbels NIBELUNGEN niedermachte: »Seine Helden gehen hinter die Kulisse, verrichten dort eine monströse Heldentat und kommen dann auf die Bühne zurück, um in geringschätzigem Tone, wie etwa Herr von Münchhausen über seine Abenteuer, darüber zu berichten.«

Diesen Angriff hat Hebbel jedoch nicht mehr erlebt, auch nicht den musikalischen Siegeszug des Gegenspielers. 1869 wurde in München das RHEINGOLD aufgeführt, im Jahr darauf die WALKÜRE. Spätestens als Wagner ein eigenes Theater, wenn schon nicht für Deutschland, dann wenigstens in Bayreuth, bauen ließ und das Haus mit einer kompletten RING-Aufführung einweihte (im August 1876), war er der alleinige, unanfechtbare Nibelungen-Interpret. Bis heute behält seine Musik ihre Macht der Verführung und Provokation.

Was Wagner mit seinem musikalischen Dauererfolg dem Nibelungenlied antat, war bemerkenswert. Schon vor ihm hatten Dramatiker für ihre Umdichtung manchmal nicht das Nibelungenlied selbst, sondern dessen altnordische Vorstufen benützt, die eddischen Lieder von Sigurd und der Walküre Brynhild. Abzulesen ist dieser Rückgriff leicht an den Werktiteln, zum Beispiel KÖNIG SIGURDS

BRAUTFAHRT von Emanuel Geibel. Das waren Einzelfälle geblieben.

Bei Wagner aber wurde dieser Rückgriff nun allgemein wirkungsvoll – und populär. Er zeigte einem staunenden Publikum statt Rittern nunmehr Wotan und Germanen, statt ausbalancierter Umgangsregeln (samt ihren »Schneiderstrophen«) hemmungslose Gefühlsausbrüche, statt einer Feudalgesellschaft einen flammenden Weltuntergang. Durch den Triumph der RING-Tetralogie wurde mit einem Mal eine germanische Vorwelt (notabene: wie Wagner sie sah) allgemein bekannt, insbesondere in Deutschland.

Auch jeder Wagner-Gegner, ja selbst wer noch nie eine seiner Nibelungen-Opern erlebt hatte, kannte jetzt die auftretenden Götter, Geister und Personen. Bald wußte

Einer der größten Dichter aller Zeiten?

»Und wenn es Dichtertum ist, Weltbilder zu geben, uns Welten zu schaffen, in denen ein Leben glaubhaft sich abspielt, so ist Wagner einer der größten Dichter aller Zeiten. Er hat hier eine Vielgestaltigkeit bewiesen wie kaum ein anderer. Die Götterwelt des NIBELUNGENRINGS, die Handwerkersphäre Altnürnbergs, die zeitlose und jeder nationalen Einschränkung bare Heroenwelt in TRISTAN UND ISOLDE, das urdeutscheste Rittertum zweier durchaus verschiedener Zeitalter in LOHENGRIN und TANNHÄUSER, die ganz auf das Transzendentale gerichtete mystische Welt PARSIFALS sind mit derselben überzeugenden Treue, mit einem so unerhört sicheren Instinkte dargestellt, daß die auf dem Wege der Gelehrsamkeit vergangene Zeiten zu erkennen trachtende Kulturforschung staunend steht vor dieser Lebenswahrheit und Lebenskraft.«

Dr. Karl Storck, GESCHICHTE DER MUSIK, ZWEITER BAND, Stuttgart 1921.

plötzlich jeder oder glaubte zu wissen, was es mit dem Nibelungen-Hort auf sich hat. Wer jetzt »Siegfried« sagte, meinte kaum noch den jungen König aus Xanten am Niederrhein, sondern einen fellbehängten Haudrauf aus dem deutschen Wald.

Bis zu Wagner hatte man das Versepos noch als eigenständiges Werk wahrgenommen. Nach dem RING DES NIBELUNGEN richteten sich nun faszinierte Blicke durch den mittelhochdeutschen Text hindurch auf eine ältere »germanische« Welt. Wagner hat das Nibelungenlied nicht eigentlich verdrängt, er hat es ersetzt, hat es verschwinden lassen. Es wurde durchsichtig wie ein Theaterschleier, wenn das Dahinterliegende beleuchtet wird. Allmählich begann das Nibelungenlied im kollektiven Gedächtnis zu verlöschen. Aber Rheingold, Walkürenritt, Götterdämmerung – das ist geblieben, bis heute, bis APOCALYPSE NOW.

Mit Wagners Erfolg, und weniger mit politischen Affinitäten, erklärt sich auch die zeitweise Zunahme der Bühnenbearbeitungen des Nibelungenstoffes im Kaiserreich. Die germanisierten Nibelungen hatte Wagner zur Mode gemacht, und auf dieser Popularitätswelle versuchten nun auch andere mitzureiten. Vergeblich: Sie blieben alle unbekannt im Schatten des RING-Genies. Daß manche Autoren weiterhin den mittelalterlichen Text zur Grundlage nahmen, hat ihnen weder genützt noch geschadet: Sie wurden von Wagner einfach erdrückt.

Dem einzigen Autor von einiger Popularität, Felix Dahn mit seinem Drama MARKGRAF RÜDIGER VON BECHELAREN (1875), erging es nicht anders. Der klügere Gerhart Hauptmann, der kurzzeitig ein großes Nibelungen-Drama plante (»in drei Teilen, jeder Teil zu fünf Akten«), hat 1899 lediglich das Vorspiel dazu fertiggeschrieben.

Verständlich ist damit auch die nun einsetzende Begeisterung der Bildhauer für Germanisches. Die zahlreichen Siegfried-Statuen zeigen schon nicht mehr einen Mann des – wie auch immer verstandenen – Mittelalters (etwa noch die Brunnen-Figur von 1846 in der Burg Stolzenfels bei Koblenz), sondern lieber einen Halbnackten mit einer Flügelhaube wie von Asterix (Rudolf Maison in seinem für Aachen geplanten Kaiser-Wilhelm-Denkmal, 1897), eine Art Bodybuilder (Franz Metzner, SIEGFRIED, 1908) oder sogar einen ROSSELENKER von 1911 (Emil Cauers Siegfried am Rüdesheimerplatz in Berlin). Der SIEGFRIED von Ernst Seger (1920, aus Geldmangel nicht in Bronze ausgeführt) weist in seiner geistlosen Athletik schon unheilvoll auf Thorak und Breker voraus.

Es gibt natürlich zurückhaltendere Ausdrucksformen. Zwar finden wir auch bei Max Slevogt einen halbnackt gezeichneten DRACHENTÖTER (1916). Aber bereits SIEGFRIEDS LEICHE (1900) von Wilhelm Lehmbruck ist das eindrucksvoll uninszenierte Bild eines toten Menschen.

In Passau, das sich wie Worms als Nibelungenstadt versteht, ging sogar die Historienmalerei – wiewohl durch den bayrischen Staat gefördert – neue Wege. Hier wurde in den Jahren 1888 bis 1894 der Große Rathaussaal ausgemalt. Ferdinand Wagner, ein »behutsamer Vollstrecker der vorgegebenen künstlerischen Intentionen des barocken Architekten« (H.-T. Wappenschmidt), löste die Aufgabe mit einer Neben-Szene des Nibelungenliedes, dem EINZUG CHRIEMHILDENS an der Seite ihres Oheims, des Bischofs Pilgrim in Passau, und einigen kleineren, ebenso unprätentiösen Wandbildern.

Eine Sonderstellung nimmt die Ausmalung des Wormser »Cornelianums« ein, das in der Altstadt zwischen dem Rathaus und der Dreifaltigkeitskirche stand

Vision

Mitte des 19. Jahrhunderts wurde es geradezu üblich, zum letzten Gefecht aufzurufen, etwa in der politischen Lyrik Kleists und Freiligraths. Auch Felix Dahn (der sonst nur für seinen Professoren-Roman EIN KAMPF UM ROM bekannt ist) führte manche Gedichtzeilen wie wilde Säbelhiebe:

Und wenn's beschlossen ist da droben,
daß unser Reich versinkt in Nacht,
Noch einmal soll die Welt erproben
des deutschen Schwertes alte Macht:
Soll nicht mehr deutsches Wort erschallen,
nicht deutsche Sitte mehr bestehn,
So lasst uns stolz und herrlich fallen,
nicht thatenlos in Schmach vergehn.
Schon einmal ward so stolz gerungen
von deutschen Helden, kühn im Tod:
Ein zweiter Kampf der Nibelungen
sei unsern Feinden angedroht:
Prophetisch war die alte Sage
und grauenhaft wird sie erfüllt,
Wann an dem letzten deutschen Tage
der Schlachtruf dreier Völker brüllt. …
Brach Etzels Haus in Glut zusammen,
als er die Nibelungen zwang,
So soll Europa stehn in Flammen
bei der Germanen Untergang!

(und im Zweiten Weltkrieg zerstört wurde). Unsere Aufmerksamkeit verlangen hier die erfreulicherweise dokumentierten Wandbilder im Festsaal, Szenen aus dem Nibelungenlied, die Karl Schmoll von Eisenwerth 1913 malte. Nur das Anfangsfresko mit Brünhildes Ankunft in Worms war raumfüllend hochformatig, für die übrigen sechs Bilder standen jedoch vergleichsweise niedrige Querformate zur Verfügung (sechs mal fünf Meter), die sich unter der Saaldecke hinzogen. In diese Rechtecke fügte der Künstler nun die Figuren ein, die durch die vergleichsweise geringe Bildhöhe gezwungen scheinen, bei aller Dynamik den Kopf zur Seite oder nach unten zu beugen (besonders deutlich in »Siegfried bezwingt den Bären«, »Klage um Siegfrieds Leichnam« oder »Kriemhilds Tod«). Durch diese Haltung, wie auch durch die stumpfen Farben, nehmen die handelnden Personen eine starre, nach innen gekehrte, selbstzerstörerische Haltung an.

Als diese Szenen zu Propagandazwecken in der Soldatenzeitung der 10. Armee abgebildet wurden (1917), fügte man den Reproduktionen, um ihre »defätistische« Enge aufzubrechen, eine charakteristische Veränderung hinzu: Je nach Szene erhebt sich da ein frei erfundener Wolkenhimmel oder eine hohe Saaldecke über den Köpfen, die sich jetzt ausgesprochen sinnlos unter so viel Weite ducken.

Gezielte Mißverständnisse

Im 19. Jahrhundert und insbesondere am Beginn des Kaiserreichs bestand also durchaus Bedarf an symbolischer Selbsterhöhung, der mit Hilfe »germanischer« Leitbilder befriedigt wurde. Das Mittelalter, weil zu nah, zu christlich, zu kompliziert, wurde uninteressant.

So hatte spätestens am Ausgang des Jahrhunderts auch das Nibelungenlied ausgedient. Das läßt sich auch mit Zahlen belegen. Von allen Ausgaben des Originaltextes, insgesamt 28, erschienen mehr als vier Fünftel (nämlich 23) schon im 19. Jahrhundert, nur noch fünf danach. Dasselbe Bild ergibt sich für die Verteilung der hundert Übersetzungen ins Neuhochdeutsche: siebzig davon stammen aus dem Jahrhundert Wagners, siebzehn aus der ersten Hälfte des 20. Jahrhunderts, und die zweite Hälfte hat bloß noch dreizehn Übersetzungen hervorgebracht.

Aus dem frühen 20. Jahrhundert hat von dem Epos allerdings ein Schlagwort überlebt, die »Nibelungentreue«, und ein zweites versuchte man mit den Nibelungen in Verbindung zu bringen: den angeblichen »Dolchstoß« in den Rücken der deutschen Armee am Ende des Ersten Weltkriegs.

Wer die »Nibelungentreue« zum ersten Mal gebraucht hat, weiß man: Es war Reichskanzler Fürst von Bülow in einer Reichstagsrede am 29. März 1909:

»Meine Herren, ich habe irgendwo ein höhnisches Wort gelesen, über unsere Vasallenschaft gegenüber Österreich-Ungarn. Das Wort ist einfältig! Es gibt hier keinen Streit um den Vortritt wie zwischen den beiden Königinnen im Nibelungenliede; aber die Nibelungentreue wollen wir aus unserem Verhältnis zu Österreich-Ungarn nicht ausschalten, die wollen wir gegenseitig wahren. Meine Herren, damit aber ängstlichen Gemütern nicht Bilder blutigen Kampfes emporsteigen, beeile ich mich hinzuzufügen, daß ich gerade in unserem Zusammenstehen mit Österreich-Ungarn eine eminente Friedenssicherung erblicke.«

Erstaunlich ist hier in erster Linie, daß in einer Parlamentsrede überhaupt auf das Nibelungenlied angespielt werden konnte. Es war ja selbst für einen Kenner des mittelhochdeutschen Epos nicht leicht zu erkennen, was mit diesem Schlagwort eigentlich gemeint war. Im Nibelungenlied ist davon nirgends derart emphatisch die Rede, im Gegenteil: Die Lehnsbindung (die »Vasallenschaft«, die der Reichskanzler von dem neuen Schlagwort fernzuhalten trachtet) ist eine konstitutionelle Voraussetzung der mittelalterlichen Gesellschaft, sie ist so selbstverständlich, daß sie unbefragt bleiben kann.

Kein Wunder also, daß einige Jahre später, man war gerade in den Ersten Weltkrieg eingetreten, der Berliner Strafrechtsprofessor Franz von Liszt in einem öffentlichen Vortrag den Begriff zu erläutern suchte (am 18. November 1914):

»Was hat es denn für eine Bewandtnis mit der Nibelungentreue, was haben die Königinnen im Nibelungenlied mit dem Deutschen Reich und mit Österreich-Ungarn zu tun? Wie kommt der Reichskanzler zu diesem Vergleich? ... Der waffengewaltige, stolze, grimmige Hagen auf der einen Seite, das Sinnbild Preußen-Deutschlands; und der heitere Spielmann auf der anderen Seite, der in Kampf und Lied gewandte Volker, das Sinnbild des sangesfrohen und kampfeslustigen Österreich-Ungarn. Ich weiß nicht, ob es gerade dieses Bild war, das dem Reichskanzeler vorgeschwebt hat. Aber mit dem einen Wort von der ›Nibelungentreue‹ hat er treffend und schön das Bündnisverhältnis bezeichnet, wie es zwischen dem Deutschen Reich und Österreich und Ungarn besteht.«

Dieser Klärungsversuch ist in zweifacher Hinsicht mißlungen. Erstens verwischt der Redner das beschriebene »Bild« im Fortgang der Rede selbst, als sei ihm das Unpassende seiner Interpretation bewußt geworden: Hagen und Volker hätten Schuld auf sich geladen und seien daher bei aller Tapferkeit dem Untergang geweiht, wohingegen Deutschland und Österreich-Ungarn siegreich aus diesem Krieg hervorgehen würden. Und zweitens konnte der detaillierte Inhalt schon deshalb nicht zur Erläuterung taugen, weil das Nibelungenlied kaum noch jemandem bekannt war.

Diese Unklarheit tat dem Begriff jedoch nicht nur keinen Abbruch, sie war – wie bei jedem Schlagwort – die Voraussetzung für seinen Erfolg. Da niemand genau wußte, was diese »Nibelungentreue« war, konnte sich jeder darunter vorstellen, was ihm gefiel, solange es etwas so Vages wie »eine ganz besonders feste Bindung« war. Mit dieser Bedeutung wird das Schlagwort sogar noch heute verwendet, nur mit dem charakteristischen Unterschied, daß diese Sorte Treue jetzt negativ bewertet ist. So konnte zum Beispiel Gabriele Zimmer im Thüringer Landtag das solidarische Schweigen der CDU-Oberen zum Spendenskandal als »Nibelungentreue« denunzieren, mit der »der Demokratie in diesem Land nicht gedient« sei.

War bei diesem Begriff der inhaltliche Zusammenhang mit dem Nibelungenlied bereits einigermaßen locker, so bleibt bei dem zweiten, dem »Dolchstoß«, ein solcher Zusammenhang eine zwar oft versuchte, aber unhaltbare Behauptung.

Schon am Ursprung des Schlagworts ist das Nibelungenlied nicht dabei. Es entstand auch nicht auf einmal, sondern etappenweise. Noch vor dem Waffenstillstand im Ersten Weltkrieg, am 28. Oktober 1918, schrieb der Chefredakteur des BERLINER TAGEBLATTS, Theodor Wolff, daß eine kriegstreiberische Presse den deutschen Truppen weiszumachen versuchte, »daß man ihnen verräterisch in den Rücken gefallen sei«.

Die Waffe dazu, der Dolch, scheint erstmals in der NEUEN ZÜRCHER ZEITUNG aufzutauchen, die am 17. Dezember 1918 schrieb, die Armee sei »von der Zivilbevölkerung von hinten erdolcht« worden. Zwei Wochen später meinte die erzkonservative deutsche KREUZZEITUNG: »Unseren kämpfenden Truppen haben wir den Dolch in den Rücken gestoßen.«

Jetzt war das Klischee geprägt: Die deutsche Armee hätte gesiegt, wenn sie nicht hinterrücks von der Bevölkerung »erdolcht« worden wäre. Erst ein Jahr später kam ein Mitglied der Deutsch-Nationalen Volkspartei auf den Gedanken, das Schlagwort nicht mit dem offenbar schon unbekannten Nibelungenlied, sondern mit »der alten Heldensage« zu verknüpfen: Die deutsche Armee »liegt am Boden, das Bild wiederholend, das uns die alte Heldensage von Siegfried und dem Hagen als ein immer wiederkehrendes Symbol der deutschen Geschichte vorahnend verkündet hat; und der Speer, der von Hagen dem Siegfried von hinten in den Leib gestoßen wurde, ist lange Zeit vorher geschmiedet worden«. Auch Hindenburg erwähnt einmal Siegfried, wenn er von seiner »ermattet gestürzten Front« spricht. Damit erschöpfen sich die Belege aber auch schon.

Der Bezug des Schlagworts zum Nibelungenlied wurde also erst nachträglich hinzukonstruiert: Zuerst war der Verräter-Dolch, und erst viel später erinnert sich vereinzelt einer an Siegfried. Trotzdem behaupten manche immer wieder, das Bild des Dolches habe das Bild des mittelalterlichen Speers »ersetzt« (Heinzle 1991), und der Begriff könne »zur Handlung des Nibelungenliedes zurückverfolgt werden« (McConnell 1998). Von hoher philologischer Präzision zeugen derartige Unterstellungen nicht.

Nach dem Ersten Weltkrieg wurden die in irgendeinem Sinne »nationalen« Erwähnungen des Nibelungenliedes immer seltener. Typisch ist jetzt, daß sie nur noch von drittklassigen Autoren stammen.

Einer der wenigen, die es tatsächlich noch gelesen hatten, war Dietrich Eckhart, ein früher Freund Hitlers und rabiater Antisemit. In seiner Zeitschrift AUF GUT DEUTSCH veröffentlichte er 1919 sein Gedicht, das er »Geduld«

betitelte. Am Anfang zitiert er die Eingangszeilen des Nibelungenliedes und endet mit diesem flammenden Ruf nach Rache an den »Heunen« mit Hilfe eines kommenden »Großen«:

»Uns ist in alten maeren wunders viel geseit
Von helden lobebaeren, von grôzer kuonheit.
So hebt es an, das Lied der Nibelungen –
Wem hätte es noch nicht ins Herz gebrannt? …
Wohl kauert noch in all dem schweren Dunkel
An Tür und Tor der Heunen Lügenbrut,
Und ihrer Augen stechendes Gefunkel
Verrät die Gier nach Gold, die Gier nach Blut;
Doch hält die Wacht, die treue Wacht ein Großer,
Der Tronjer nicht, ein Andrer ist uns nah,
Vertraut und fremd zugleich, ein Namenloser.
Wie ruhig gehen seine Atemzüge!
Er rührt sich nicht, er wartet stumm und still,
So langsam auch zum Kampfe mit der Lüge
Die Stunde der Vergeltung dämmern will.«

Im übrigen aber wird politisch nicht mehr das Nibelungenlied verwendet, sondern – ganz wagnerianisch – Siegfried. So gab der Deutschvölkische Schutz- und Trutzbund 1919 ein antisemitisches Hetzblatt mit dem Titel SIGFRID UND AHASVER heraus (dessen »greiser Odem bläst neue Gluten an, Sigfrids Wunden fangen neu zu bluten an«). Auch in manchen christlichen Kampfschriften war der Heros willkommen: Ein zu Recht unbekannter Adolf Gebhardt meinte in seinem esoterischen Pamphlet DER KOMMENDE SIEGFRIED NACH BIBEL UND WEISSAGUNG, der germanische Held werde über »das Chaos des Weltkrieges und seiner Folgen siegen« und dann »sein göttliches Reich der Liebe und des Friedens aufrichten«.

Aus den Jahrzehnten vor 1933 tauchen Nibelungen-Zitate sonst nur noch bei wenigen Intellektuellen und Schriftstellern auf. Zu den ersteren gehört pikanterweise auch Rudolf Steiner, der raunende Begründer der Anthroposophie, der schon 1905 erkannt hatte, daß die Nibelungen »die geweihten Priester-Könige« einer »arischen Unterrasse« seien.

In der Literatur finden wir Else Lasker-Schüler mit DER MALIK, eine Kaisergeschichte von 1913. Dort erzählt eine Briefschreiberin von ihrem Geliebten: »Er heißt Giselheer. Sein Gehirn ist ein Leuchtturm. Er ist aus den Nibelungen.« Ebenso die ambivalente Agnes Miegel und ihre Schauerballade DIE NIBELUNGEN, Bert Brecht mit einem sehr verrätselten Poem »Siegfried hatte ein rotes Haar / Und Hagen Tronje liebte ihn sehr –« oder auch Börries von Münchhausen, der 1920/21 zwei düstere Balladen dichtete, EIN LIED VOLKERS und HAGEN.

Schon in die Zeit der Weimarer Republik fällt dann ein Filmereignis, das allgemeines Aufsehen erregte: Fritz Langs NIBELUNGEN (1924). Thea von Harbou, die Frau des Regisseurs, hatte das Drehbuch geschrieben und sich dabei im Großen und Ganzen an den Text des Nibelungenliedes gehalten. Sie fügte lediglich einige Szenen aus der Edda hinzu, und am Ende stirbt Kriemhild gewissermaßen von selbst, allein durch die Vollendung ihrer Rache. Die Drehbuchautorin schrieb auch unter einem späten nationalpädagogischen Antrieb: Das deutsche Volk sollte mit dem Film wiedergewinnen, was ihm »nur noch blasse Erinnerung ist: das Hohelied von bedingungsloser Treue«.

Fritz Lang konnte sich für derartige Lernziele wenig begeistern. Ihm kam es darauf an, in seiner Bildersprache eine ungewöhnliche Vergangenheit lebendig werden zu lassen: »lebendig und glaubhaft zugleich«. Ihm war bewußt, daß kaum noch jemand die Geschichte als solche kannte, und deshalb wollte er einen Film schaffen, »der dem Volke gehören sollte, und nicht, wie die Edda oder das mittelhochdeutsche Heldenlied, einer im Verhältnis ganz geringen Anzahl bevorzugter und kultivierter Gehirne«. Aus diesem Grund hatte er auch das Marketing fest im Blick: Er habe den Film auf eine Basis gestellt, »die, jenseits des Ausstattungsfilms und des Sensationsfilms stehend, dennoch etwas vom Prunk des ersten und vom hinreißenden Atem des zweiten hatte«.

Es wurde – nach sieben Monaten Drehzeit – ein monumentaler Film: großräumig, dekorativ, feierlich, expressionistisch, mit Pathos und Leidenschaft – Fritz Lang: »Denkmäler stellt man nicht auf den flachen Asphalt«. Damit bot er einigen auch einen Angriffspunkt, zumindest erblickte der Filmhistoriker Siegfried Kracauer in den NIBELUNGEN eine »zu dekorativen Versatzstücken herabgewürdigte Menschheit« (wenn etwa Brünhild, übrigens höchst effektvoll, über einen Laufsteg aus Schildträgern an Land schreitet).

Spätestens seit 1986 jedoch, als der Film zusammen mit der Musik von Gottfried Guppertz in München wiederaufgeführt wurde, entdeckte man erneut, was er in Wirklichkeit war: eine düstere Untergangstragödie. »Die theaterhafte Kulisse ordnet sich zu Archetypen des Horrors«, schrieb die FAZ. Fritz Lang war wieder aktuell, wenigstens unter verständigen Filmliebhabern.

In einer Kritik des Films (1933) wird auch Joseph Goebbels zitiert. Er betrachte, heißt es da, DIE NIBELUNGEN als Musterbeispiel dafür, »daß ein Filmwerk über ›nichtaktuelle‹ Dinge für das, was unsere Zeit bewegt, viel maßgebender sein kann als schnellfertig konjunkturistisch zusammengezimmerte ›Zeitfilme‹«. Wer genau hinhörte, verstand auch die Zwischentöne: Die NIBELUNGEN waren vielleicht bedeutender als schlechte »Zeitfilme«, aber sie blieben doch weit entfernt von dem, »was unsere Zeit bewegt«. Fritz Lang hörte genau hin: Im Jahr darauf emigrierte er in die Vereinigten Staaten.

Damit sind wir im Dritten Reich angekommen, derjenigen Epoche, von der wohlmeinende Beobachter immer wieder behaupten, hier habe das Nibelungenlied seine eigentliche und besonders schädliche Wirkung entfaltet. Wir werden sehen, daß die Belege dafür fehlen.

Zwar hatte auch Goebbels einmal in seinem Tagebuch notiert, in dem Epos zeige sich »das deutsche Schicksal schlechthin« (am 4. November 1929). Das ist allem Anschein nach aber auch schon alles, was er jemals über das Nibelungenlied niederschrieb. Jedenfalls ist eine zweite Fundstelle bis heute nicht aufgetaucht.

Von Adolf Hitler, dem Wagner-Verehrer, ist zu der mittelalterlichen Dichtung noch weniger schriftlich überliefert, nämlich gar nichts. In MEIN KAMPF kommt das Nibelungenlied kein einziges Mal vor. Vor Besuchern der Reichskanzlei legte Hitler Wert auf die Feststellung, daß die Wände mit Szenen aus der nordischen Edda ausgemalt seien, gerade nicht mit dem Nibelungenlied. Über den von allem Germanischen leicht berauschten Himmler sagte er abschätzig, dieser »gerät in Begeisterung über jeden Tonscherben und jede Streitaxt, die er ausgräbt«, womit man jedoch nur beweise, daß »wir noch um offene Feuerstellen hockten, als sich Rom schon auf höchster Kulturstufe befand«.

Konsequent ließ er denn auch über den Propagandaminister alles altertümelnd Germanische aus dem öffentlichen Wortschatz verbannen, zum Beispiel den zeitweise modischen Ausdruck »Thing« für Versammlung. Solche

Reminiszenzen an Vorzeitliches erschienen ihm unpassend für einen mit moderner Technik geführten Eroberungskrieg.

Ausführlich hat sich nur ein Vertreter des Nationalsozialismus mit dem Nibelungenlied beschäftigt: Alfred Rosenberg, der ideologische Hofnarr der NSDAP. In seinem unsäglich mediokren MYTHUS DES 20. JAHRHUNDERTS wiederholt er den immer noch beliebten Vergleich zwischen Homer und dem – nun »germanischen« – Dichter des Nibelungenliedes und rührt den bekannten Brei aus Sonnengott, Genie, Völkerseele und einem geheimnisvollen »Gehalt« erneut zusammen (»Homer meistert den Stoff, die Dichter des Nibelungenliedes – und die Schöpfer aller germanischen Gesänge – den Gehalt.«). Die politische Zweitrangigkeit Rosenbergs lohnt keinen weiteren Kommentar.

So bleibt als einziger wirklich ernstzunehmender Beleg der Passus aus einer Rede Görings vor Offizieren der Wehrmacht zum zehnten Jahrestag der »Machtergreifung«. Deutschland wird dargestellt als ein Land, das seitdem viel »erreicht« habe (vor allem die »weltanschauliche Einheit«), nun aber »eingekreist« sei und sich »des Russen« erwehren müsse, auch wenn der Kampf immer härter werde.

Es ist eine etwa einstündige, rhetorisch glanzlose und stellenweise unbeholfene Durchhalterede. In diesem Zusammenhang kommt er schließlich auch auf Stalingrad und das mit einem falschen Titel zitierte Nibelungenlied zu sprechen; hier die kurze Passage:

»Was dort jetzt unsere Grenadiere, Pioniere, Artilleristen, Flakartilleristen und wer sonst in dieser Stadt ist, vom General bis zum letzten Mann, wer da jetzt kämpft gegen eine gewaltige Übermacht um jeden Block, um jeden Stein, um jedes Loch, um jeden Graben, immer wieder kämpft, ermattet, erschöpft – wir kennen ein gewaltiges, heroisches Lied von einem Kampf ohnegleichen, das hieß ›Der Kampf der Nibelungen‹. Auch sie standen in einer Halle von Feuer und Brand und löschten den Durst mit eigenem Blut – aber kämpften und kämpften bis zum letzten. Ein solcher Kampf tobt heute dort, und jeder Deutsche noch in tausend Jahren muß mit heiligen Schauern das Wort Stalingrad aussprechen und sich erinnern, daß dort Deutschland letzten Endes doch den Stempel zum Endsieg gesetzt hat!«

Gleich danach wird auch der Kampf bei den Thermopylen zitiert und noch deutlicher auf die aktuelle Situation bezogen (»so berichte, du habest uns in Stalingrad liegen sehen«), darauf folgen ein Abschnitt über den Sinn des Krieges (»Freiheit oder Vernichtung«), eine Eloge auf Hitler und seinen Aufstieg zum »Führer« sowie zuletzt ein Bekenntnis zum »unerschütterlichen Glauben an den Endsieg«.

Die Göring-Rede, obwohl sie über den Rundfunk verbreitet wurde, fand kaum Beachtung. Denn schon am Tag danach hörte die 6. Armee zu kämpfen auf, und Paulus ergab sich den Russen. Außerdem verschwand sie alsbald im Schatten von Goebbels' berüchtigter Sportpalast-Rede am 18. Februar 1943 (»Nun, Volk, steh auf, und Sturm, brich los!«), die ganz ohne Rückgriffe auf alte Bildungsgüter auskam.

Man erkennt an der Göring-Passage das Unbehagen des Redners bei diesem Bild von den Rittern in Etzels Burg. Er mußte ja befürchten, daß – falls überhaupt einer seiner militärischen Zuhörer das Nibelungenlied noch im Kopf hatte – »die Halle von Feuer und Brand« demotivierend wirken mußte, da alle Kämpfer darin umkamen, und das auch noch ohne einen angeblich höheren Sinn wie etwa bei den Thermopylen. (Die Göring recht eigenwillig versteht: »Auch damals war es ein Ansturm aus dem asiatischen Osten, der sich hier am nordischen Menschen brach.«) Mit Mühe und einer holprigen Metapher schafft er gerade noch die Wendung ins Positive: Man habe immerhin »den Stempel zum Endsieg gesetzt«.

Zu selten ist in der Forschung die Rede davon, daß mindestens einmal sogar aus nationalsozialistischer Sicht das Nibelungenlied als ungeeignetes Propagandamittel bezeichnet wurde. Hans Naumann, Germanistikprofessor und Nazi-Anhänger der ersten Stunde, wies in seinen Vorlesungen 1942 immer wieder darauf hin, daß das düstere Gedicht niemals zum Nationalepos werden könne, wegen der »überreichen Todesernte dieser Dichtung, die mit hoffnungslosem Massentode alles germanischen Kriegsvolkes endet«.

So bleibt es erstaunlich, daß der Nationalsozialismus immer wieder als die Zeit der hemmungslosen Verwendung nibelungischer »Ideologeme« bezeichnet wird, die schon länger »bereitgelegen« hätten. Als Beweis dafür wird sogar ein gewisser Bruno Tanzmann angeführt, ein Nationalist zwar, aber vor allem der verschrobene Gründer einer »Deutschen Bauernhochschule« in Hellerau bei Dresden und eines leblosen »Artamanenbundes«.

Manchmal muß auch eine schlichte Analogie herhalten: Dann wird zum Beispiel die »Treue« der SS umstandslos auf die »Treue« im Nibelungenlied »zurückgeführt«. Oder wenn der irrlichternde Himmler 1937 einmal seinen Führer einen wiedergeborenen Hagen nennt, wird das – in einer Frankfurter Seminararbeit 1998 – gleich zum »Höhepunkt der Hagenverehrung«. In Helmut Brackerts Augen ist ganz pauschal »der Nationalsozialismus ... eine letzte, allerdings unüberbietbare Form einer schon früh angelegten Perversion des Textes« (1971).

Im 2001 eröffneten Nibelungen-Museum in Worms wird dem Besucher weisgemacht, das Nibelungenlied sei »nicht ohne seine Verbindung zur nationalsozialistischen Vergangenheit zu verstehen«. Und die Nibelungenlied-Gesellschaft sieht den Gipfel der NS-Rezeption sogar in – wörtlich – »Goebbels' Stalingrad-Rede« (womit Görings Kurzpassage gemeint ist).

Für derlei Behauptungen fehlen ganz einfach die Beweise, und so versteckt sich der Mangel gern hinter einer dramatisierenden Rhetorik der Entrüstung. Ein unredliches Verfahren: Fast immer wird dabei das Nibelungen-Personal klammheimlich durch die Wagnerschen Opernfiguren ersetzt. Darüber hinaus bieten solche Thesen ein gefährlich vereinfachtes Bild – nicht des Nibelungenliedes, sondern des Nationalsozialismus. Wer das Dritte Reich als sehnsüchtig schwärmerische Germanentümelei hinstellt, blendet – geradezu apologetisch – entscheidende Merkmale aus: eine menschenverachtende Modernisierung und vor allem die Verfolgung und industrialisierte Ermordung der Regimegegner. Um es zugespitzt zu sagen: Für den Holocaust brauchten die Nationalsozialisten kein Nibelungenlied.

Bruchloser Übergang

Jede Parodie ist auch eine Anerkennung. Sie wird gar nicht erst unternommen, wenn der angegriffene Gegenstand keine allgemeine Verehrung genießt. Respektlosigkeit lohnt sich erst, wenn etwas von hohem, zu hohem Respekt umstellt ist.

Es ist deshalb nicht verwunderlich, daß schon früh im 19. Jahrhundert die ersten literarischen Nibelungen-Karikaturen auftauchen. Den Beginn macht offenbar Jens Immanuel Baggesen, der Verfasser der KARFUNKELGESCHICHTE EINER NEU-ERRICHTETEN SONETTENFABRIK (1810). Hier werden die Nibelungen-trunkenen Romantiker als unzivilisierte Teutonen verspottet, wogegen sie sich so zu verteidigen suchen: »Wir können doch auch das Nibelungenlied, lieben Goethe, bewundern Shakespeare, hassen Kotzebue und verachten die Welt.« Drei Jahre später veröffentlichte auch Friedrich de la Motte Fouqué einige Spottverse gegen die übertriebene Nibelungenlied-Verehrung in Berlin.

Selbst nach dem Sieg über Napoleon geht die humorige Verarbeitung der Nibelungen weiter, wenn auch oft unterirdisch. Von Heinrich Heines Spott-Brief »O sancta Chrimhilda, Brunhilda & Uta, ora pro nobis!« (1824) war schon die Rede.

Mit politischer Zielrichtung geschrieben ist das komische Epos NIBELUNGEN IM FRACK von Anastasius Grün (1843). Hier tritt – als Sprecherin des Verfassers – eine Muse auf, die deutlich augenzwinkernd behauptet, sie habe die heroischen Zeiten und kriegerischen Angelegenheiten nun gründlich satt und bevorzuge deshalb die Freizeitbeschäftigungen der Adligen (die dann grotesk überzeichnet werden).

Der Autor hatte kurz vorher die Stelle eines fürstlichen Kammerherrn angenommen. Diese Ehrerbietung vor dem Absolutismus hatte ihn bei den republikanischen Genossen in ziemlichen Mißkredit gebracht, und mit seinen NIBELUNGEN versuchte er, sich gegen ihre Vorwürfe zu wehren. Sehr populär wurde jedoch keiner dieser Distanzierungsversuche.

Von vornherein auf einen engeren Wirkungskreis beschränkt blieben zwei universitäre Insider-Scherze. Der eine verriet sich schon durch seinen Langtitel als Persiflage: DAS NIBELUNGENLIED IN SEINER URSPRÜNGLICHEN FORM. NACH EINER ALTEN RUNENHANDSCHRIFT INS NEUHOCHDEUTSCHE ÜBERTRAGEN UND MIT EINEM GELEHRTEN VORWORT VERSEHEN (von J. Hözelîn, 1881). Der in Nibelungen-Strophen gereimte Studentenstreich karikiert einzelne Szenen des Epos.

Der andere Text bezieht sich auf die anhaltenden Auseinandersetzungen über den Vorrang der diversen Handschriften und trägt daher den programmatischen Titel DIE HANDSCHRIFT A (1891, von Hans Hoffmann). Hier erklärt ein begeisterter Studienreferendar seiner Geliebten immer von neuem die Lachmannsche Lieder-Theorie und seine Vorliebe für die Nibelungen-Handschrift A; er fällt dann aber im letzten Examen durch, weil sein Professor dummerweise die Handschrift C als die alleingültige ansieht. Der Prosatext ist daneben aber auch eine scharfe Kritik an der Unduldsamkeit der damaligen Germanistik und an der nationalpädagogischen Rezeption des Nibelungenliedes.

Zu ihrer Zeit (1904) ebenfalls politisch inkorrekt war die humoristische Operette DIE LUSTIGEN NIBELUNGEN von Oskar Straus, die noch heute mit großem Erfolg aufgeführt wird, zum letzten Mal 1999 in Saarbrücken.

Auch die bildende Kunst hatte seit dem Ende des 19. Jahrhunderts immer deutlicher ihre Abkehr von allem Nibelungen-Heroismus bewiesen. Aubrey Beardsley stand mit seinem Blatt »Siegfried, 2. Akt« erkennbar in der Weiterwirkung der Wagner-Oper, aber was Ernst Barlach zeichnete, waren die großen Szenen des Nibelungenliedes. Er stellte mit harten, unpathetischen Kohle-Strichen den bisher verdrängten Inhalt dar: Leid, Jammer, Tod. Die Zeichnungen wurden 1936 von der Politischen Polizei beschlagnahmt und erhielten im Jahr darauf einen prominenten Platz in der Ausstellung »Entartete Kunst« in München.

Eine Tendenz zur Ironie belegen einige Nibelungen-Zeichnungen von Max Beckmann. Sie beziehen sich zum Teil auf nordische Quellen (so hieß ein Blatt, 1933 in der Emigration in den USA gezeichnet, ursprünglich »Siegmund und Sieglinde«, bevor Beckmann es in GESCHWISTER umbenannte), zum Teil sind sie aber auch dem Epos selbst zuzuordnen, zum Beispiel das Blatt KRIEMHILD AN SIEGFRIEDS SARG. In dieser Federzeichnung von 1949 ist Kriemhilds tränenverzerrtes Gesicht über einem Puppenstuben-Miniatursarg kaum noch ernst zu nehmen.

Die bildliche Ironisierung des Nibelungenstoffes nach 1945 konnte also an eine schon lange geübte Tradition anknüpfen. Und wie vorher wird auch jetzt mal Wagner, mal das mittelhochdeutsche Epos herangezogen. Der bruchlose Übergang zeigt sich auch darin, daß die diesbezüglichen Erzeugnisse der darstellenden Kunst ebenso sporadisch erschienen wie in den Jahrzehnten vor 1945. Es sind nur wenige Beispiele, die sich für die zweite Hälfte des Jahrhunderts anführen lassen: der Holzschnittzyklus DAS TITTMONINGER NIBELUNGENLIED von Karl-Heinz Hansen-Bahia (1963), einige Zeichnungen von Rainer Hartmetz (1973/74) und die auch international erfolgreiche Fernseh-Comicserie DIE NIBELUNGEN ODER WAS RICHARD WAGNER NICHT WUSSTE (1976).

Auch die literarischen Parodien fallen nach 1945 kaum häufiger an als vorher: Wir finden hier DAS NIBELUNGENLIED – RESPEKTLOS BETRACHTET von Trude und Felix Richter (1960), Herbert Schneiders NIBELUNGEN IN BAYERN mit den satirischen Zeichnungen von Horst Haitzinger (1974), ANGERERS NIBELUNGENLIED von Rudolf Angerer (1984) und schließlich TOTAL KRASSE HELDEN. DIE BOCKSTARKE STORY VON DEN NIBELUNGEN (Uta Claus und Rolf Kutschera 1986). Einen besonderen Platz nimmt Rolf Vatkes Schüttelreim-Umdichtung des Nibelungenliedes ein (1996), und sei es nur wegen seines unwahrscheinlichen Arbeitsaufwands.

Daß diese »respektlosen« Versionen des Nibelungenliedes keinesfalls typisch für die Epoche waren, zeigt sich an den mindestens ebenso zahlreichen ernstgemeinten Übernahmen des Stoffes. Den Beginn macht hier Arno Schmidt, dessen »Übersetzung« der ersten Nibelungen-Strophen ins Englische (1960) zwar einen hochgradig spielerischen Charakter hat, gleichzeitig aber eine aktualisierende Annäherung an die Nachkriegsjahre versucht.

Kurz danach machte Harald Reinl mit seinem zweiteiligen Film aus dem Nibelungenlied »ein naiv-aufwendiges, gelegentlich unfreiwillig komisch wirkendes Kintopp-Abenteuer im großen Bilderbuchstil« (1966, seit 1990 auch als Videokassette). Heiner Müllers Theaterstück GERMANIA (1978) nimmt lediglich einige Motiv-Zitate aus der Saalschlacht und überzeichnet sie mit denunzierender Absicht ins Grotesk-Absurde.

In den achtziger Jahren erscheinen dann gleich sechs, aber zweitklassige Nibelungen-»Romane«, zum Teil mit sehr eigenwilliger politischer, manchmal auch esoterischer Blickrichtung: DER TOD DES NIBELUNGEN von Rolf Schneider, DIE ERINNERUNGEN DES HELDEN SIGFRID von Georg Zauner (beide 1985), HAGEN VON TRONJE von Wolfgang Hohlbein, SIEGFRIED von Jürgen Lodemann, NIBELUNGENLEID von Bernhard Schnellen (alle drei 1986) und MEISTER KONRADS NIBELUNGENROMAN von Armin

Ayren (1987). Von »Botschaften« unbefrachtet und daher lesefreundlich ist die Neufassung von Michael Köhlmeier (Die Nibelungen. Neu erzählt, 1999).

Der detaillierte Überblick wäre ohne große Bedeutung, wenn nicht in vielen Untersuchungen (zum Beispiel Kimpel 1991) das Ende des Zweiten Weltkriegs gern als entschiedener Einschnitt der Rezeptionsgeschichte gesehen würde. Vor 1945, speziell im Dritten Reich, habe das Nibelungenlied »den Höhepunkt seiner ideologischen Indienstnahme für die Herstellung nationaler Identität« erlebt (daß dies nicht zutrifft, haben wir im vorigen Kapitel gesehen). Des weiteren wird nun gesagt, daß nach 1945 »das marode Mythen-Material« »entkräftet« sei, man habe es »hastig beiseite geschafft«, jetzt sei nur noch »Despektierlichkeit« denkbar, allenfalls die Demontage der Nibelungen als »Götzen und Götter der Moderne« (Wilhelm Emrich).

In Wirklichkeit folgt die Rezeption des Nibelungenliedes völlig anderen Rhythmen. Die »despektierlichen« wie auch die respektvollen Übernahmen des Stoffes in andere Ausdrucksformen haben sehr früh begonnen, schon zur Zeit der Nibelungen-Begeisterung während der Freiheitskriege, und sie gehen, wenn auch deutlich schwächer, durch das ganze 20. Jahrhundert bis in die Gegenwart. Die Parodien sind kein besonderes Kennzeichen der Zeit nach 1945: Es gab sie in ähnlicher Häufigkeit schon vorher. Und die ernsthaften Bearbeitungen hören mit 1945 nicht einfach auf, sondern werden vorher wie nachher immer wieder unternommen. Wenn wir in diesem Jahrhundert überhaupt ein Nachlassen der Rezeption erkennen können, dann liegt es gerade dort, wo mit Vorliebe der Höhepunkt der mißbräuchlichen »Indienstnahme« vermutet wird: im Dritten Reich.

In der Schule der Zeit nach dem Zweiten Weltkrieg spielt das Nibelungenlied dieselbe Rolle wie seit der Weimarer Republik: keine. Es kommt im Lehrplan nicht mehr vor. Vielleicht daß ein begeisterter Lehrer einmal eine einschlägige Heldensage erwähnt oder mit dem (wagnerianischen!) Drachenkampf einen Projekttag bestreitet – aber das war es dann auch schon.

Allenfalls im Literaturstudium ist nach 1945 ein deutlicher Umbruch zu beobachten. Er kam durch den Einfluß des »New Criticism« zustande, einer in den USA maßgeblichen Interpretationsmethode, bei der einzig und allein der literarische Text im Mittelpunkt der Aufmerksamkeit stand und nicht außerliterarische Bezüge, insbesondere nicht die Biographie des Autors oder andere – wie man jetzt zu sagen pflegte – »außerdichterische Phänomene«. Nach dem Ende des Nationalsozialismus erschien diese Methode gerade den deutschen Universitäten ein willkommenes Abwehrmittel gegen jeden »politischen Mißbrauch« schöner Literatur.

Wolfgang Kaysers Standardwerk DAS SPRACHLICHE KUNSTWERK gehörte in den fünfziger und den frühen sechziger Jahren zur Grundausstattung jedes Literaturstudenten. In der Einführung legte der Autor die veränderte Perspektive dar und beschrieb erst einmal all das, wovon man sich nun endlich abzusetzen hatte:

»Die Persönlichkeit eines Dichters oder seine Weltanschauung, eine literarische Bewegung oder eine Generation, eine soziale Gruppe oder eine Landschaft, ein Epochengeist oder ein Volkscharakter, schließlich Probleme und Ideen –, das waren die Lebensmächte, denen man sich durch die Dichtung zu nähern suchte. So berechtigt solche Arbeitsweisen auch heute noch sind und so groß ihr Ertrag sein mag, es stellt sich die Frage, ob damit nicht das

Wesen des sprachlichen Kunstwerks übersehen wird ... Das dringendste Anliegen der Forschung sollte demnach sein, die schaffenden sprachlichen Kräfte zu bestimmen, ihr Zusammenwirken zu verstehen und die Ganzheit des einzelnen Werkes durchsichtig zu machen.«

Diese – fachlich ausgedrückt – »textimmanente Interpretation« war für Mitteleuropa etwas frappierend Neues, und sie hatte eine sofortige und lang anhaltende Wirkung. Mit einem Mal war es jetzt möglich, sich auch einem Text wie dem Nibelungenlied ästhetisch und wissenschaftlich zu nähern, ohne die äußeren Zeitumstände oder die literarischen Wechselwirkungen mit ihnen in Betracht ziehen zu müssen.

Die textimmanente Arbeitsweise wurde zwar im Gefolge der 68er-Rebellion durch eine andere Methode, die gesellschaftskritische Interpretation, weitgehend außer Kraft gesetzt. Aber dieser Ansatz konnte die Beschränktheit seiner Mittel und vor allem seiner Ziele nicht lange verschleiern, so notwendig beides für die deutsche Nachkriegsgeschichte war.

Danach und bis heute, in der sogenannten Postmoderne, fehlt eine vergleichbare Groß-Theorie, und so behilft sich die Literaturwissenschaft mit der Betonung von Nebenthemen wie der Wirkungsgeschichte oder der Rezeptionsästhetik. Dieses lockere Theorie-Gemenge bietet einer unverstellten Wahrnehmung des Nibelungenliedes neue Chancen.

Kanonisierung

Es gibt eine Schicht der Nibelungen-Rezeption, von der bisher noch nicht die Rede war: die Benennung mit Namen aus dem Nibelungenlied oder gleich mit »Nibelungen«. Leider bleiben diese Fälle, obwohl ungeheuer zahlreich, in wissenschaftlichen Untersuchungen durchwegs unbehandelt.

Wenn etwa eine Pension in einem Odenwald-Ort namens Grasellenbach »Kriemhildenruh« heißt (und dann auch noch in der Siegfriedstraße liegt), dann findet hier etwas mehr statt als nur triviale Tourismus-Werbung. Die Inhaberin weist nämlich jeden neuen Gast auf einen kleinen Bücherschrank hin, der Textausgaben und liebevoll gesammelte Informationsbroschüren enthält. Man darf vermuten, daß auf diesem Weg mancher überhaupt zum ersten Mal vom Nibelungenlied hört. Grasellenbach hat aber in seiner Nähe noch einen richtigen Nibelungen-Ort aufzuweisen: die Quelle, an der Siegfried ermordet wurde. Nach zwanzig Minuten Waldspaziergang gelangt man an den Siegfrieds-Brunnen aus der Mitte des 19. Jahrhunderts; daneben steht ein neugotisches Steinkreuz, und in dessen Sockel ist die Nibelungen-Strophe 981 eingemeißelt (»Da der herre Sîfrit ob dem brunnen tranc ...«).

Die Quelle steht aber in einem gewissen Wettbewerb: Es gibt mindestens drei weitere mögliche Tatorte. Einer davon ist der Lindlbrunnen in Mossautal-Güttersbach, wo auf geführten Wanderungen dann auch ein zünftiges Essen gereicht wird: »Nibelungentopf« und »Kriemhildpfanne«.

Daß in Xanten ein Hotel »Nibelungen-Hof« steht, ist selbstverständlich. Auch der »Nibelungen-Trunk« des Erbacher Brauhauses (»das Jubiläumsbier aus dem tiefen Odenwald«) überrascht kaum. Bedenklicher ist die

Verwendung des Namens bei politisch rechtslastigen Studentenverbindungen wie der »Nibelungia Melk«. In Worms zirkuliert ein kleines Lokalblatt mit dem Namen »Nibelungenkurier«, und sogar im fernen Braunschweig firmiert eine Baugesellschaft als »Nibelungen-Wohnbau GmbH«. Das Computerspiel »Ring: The Legend of the Nibelungen« ist allerdings bis in die Details der Wagnerschen Opern-Tetralogie nachgebildet – mit »Brunhilde – The Proud Valkyrie« und »Siegmund – The Wolf Son«.

Auf den ersten Blick erstaunlich ist die Zahl der Apotheken, die sich »Nibelungen-Apotheke« nennen. Man findet sie, wie nicht anders zu erwarten, besonders im Raum Worms, einmal in Hohenems in Vorarlberg, dann in unzähligen Städten entlang der Donau von Ingolstadt bis ins österreichische Traismauer, aber auch in Hürth bei Köln, in Ludwigshafen und München, Hannover und Berlin. Die Vorliebe für diese Bezeichnung hat jedoch in fast allen Fällen weniger mit dem Nibelungenlied zu tun als mit den umgebenden Straßennamen des Viertels, in dem die Apotheke liegt. Und wenn man hier (am Beispiel einer süddeutschen Großstadt) genauer hinsieht, entdeckt man wieder einmal nicht das Nibelungenlied, sondern vor allem Wagner: Siegrune-, Walhalla-, Wotan-, Fricka-, Hunding-, Nornenstraße und mitten unter ihnen Nibelungen-, Kriemhild- und Guntherstraße.

Gleichwohl: Namengebungen dieser Art tragen natürlich dazu bei, wenigstens eine vage Erinnerung lebendig zu halten.

Im August 2001 ist in Worms das neue Nibelungen-Museum eröffnet worden, aus Mangel an Exponaten bestückt mit elektronischer Unterhaltung. Zwei seiner Abteilungen, der Hör- und der Sehturm, wurden einfühlsam in die Überreste der alten Stadtmauer eingebaut; die dritte liegt unter der Erde und trägt den Titel »Der Schatz«, obwohl der im mittelalterlichen Epos eigentlich nur eine Nebenrolle spielt. Das Haus ist damit nicht so sehr ein Museum des Nibelungenliedes, sondern steht – wie so vieles – im Dunstkreis Richard Wagners. Beim unterirdischen Nibelungenhort feiern simulierte Töne und Bilder hinreißende Triumphe der Virtualität, ein »multimediales Erlebnis für alle Sinne«. Leider wird in allen drei Abteilungen zu wenig Literatur und zu viel »Mythos« präsentiert.

Die Wormser Idee, den anonymen Dichter des Nibelungenliedes oder besser: seine Stimme als »Museumsführer« zu engagieren, klingt verführerisch. Das Unangenehme daran: Er ist ein im schlechtesten Sinn politisch abgesicherter Vorführer (»so habe vielleicht auch ich dazu beigetragen, dem Mythos Gewalt zu geben«). Die Museumsleitung betrachtet das Nibelungenlied offenbar als eine Art ideologisches Gefahrgut, und aus demgemäßer Angst warnt sie den Besucher vor vermuteten Mißverständnissen mit einer kurzen Rezeptionsgeschichte, mit traditionellen Irrtümern und falschen Zitaten: »Später, durch Zutun der Romantiker, anschließend der Deutschnationalen und dann der Nazis, verwandelt sich das Lied in ein nationales Gut, Wertvorstellungen transportierend wie die ›ewige Treue zum Führer‹ etc.«

Eine »Verbindung zur nationalsozialistischen Vergangenheit«? Wir haben gesehen, daß davon keine Rede sein kann. Diese Präsentation ist ein peinlicher, da überflüssiger Eiertanz.

Solche ideologischen Rückversicherungen, so gut sie gemeint sind, werden jedoch allmählich seltener. Denn seit einigen Jahren scheint ein neues Interesse am Nibelungenlied einzusetzen. Was jetzt Beachtung findet, sind keine wiedererstandenen Germanen, kein Wigalaweia und

Hojotoho, keine angebliche »Nibelungentreue«, sondern immer mehr die kraftvolle Dichtung selbst. Die Anzeichen dafür reichen vom volkstümlichen Festzug bis zu künstlerisch ergiebigeren Darbietungen.

Anläßlich des runden Jubiläums (»800 Jahre Nibelungenlied«) mußte selbstverständlich auch der Tourismus das Epos in sein Angebot aufnehmen. Zwanzig Odenwald-Gemeinden riefen im April 2000 zu einem Gedächtniszug auf, der sich über vier Wochenenden erstreckte. Eröffnet wurde die Veranstaltung durch eine moderne Inszenierung des Nibelungenliedes. Dann setzte sich der Zug in Bewegung: örtliche Vereine, Kindergärten, Schulen und individuelle Teilnehmer. Mit ungeheurem Engagement wurden Kostüme geschneidert, Schmuckstücke gebrannt, Motiv-Wagen gebaut. Auf jeder Etappe des Zuges trugen die Hauptfiguren des Nibelungenliedes, jedesmal von anderen Personen gespielt, kurzgefaßt den Inhalt der Dichtung vor. Die Beteiligung mag erstaunen: Waren es zu Beginn des Zuges nur sechstausend Teilnehmer, so war ihre Zahl beim schließlichen Einzug in Worms auf das Zehnfache angestiegen.

Ebenfalls im Jubiläumsjahr wurde das von Franz Fühmann neuerzählte Nibelungenlied in Halle aufgeführt, im Thalia Theater, einem der wenigen eigenständigen deutschen Jugendtheater. Fühmanns Version, ein Zusammenschnitt aus den zehn wichtigsten Handschriften, stellt sich nicht in der Nibelungen-Strophe vor, sondern – wir erinnern uns an die unaufhörlichen Homer-Vergleiche – in leicht antikisierenden Versen (der Bearbeiter hatte vorher die ODYSSEE adaptiert). Mit nur drei Schauspielern übersetzte Tomas Lang, der Regisseur, den Text in »Posen des Stolzes und der Gefallsucht, Gesten der Enttäuschung oder der Angst, ein bedrückend negatives Gesellschaftsbild, worin Liebe und Glück noch jedes Mal das Feld räumen müssen für Machtgier, Eitelkeit, Neid« (BerlinOnline).

Für den Sommer 2002 sind im Rahmen der großen Wormser Nibelungen-Festspiele zwölf Freilichtaufführungen einer dramatisierten Kompaktversion des Epos geplant (»Bedenken gegen den Stoff hat die Stadt keine, trotz der Vereinnahmung durch die Nazis«). Die Werbung gibt sich populär: Gezeigt werde »der beste Krimi aller Zeiten«, eine »Geschichte um Mord, Rache und Verrat«. Künstlerisch hatte man ins Große geplant: Als Regisseurin war Katharina Thalbach vorgesehen, sie mußte dann jedoch absagen, und Mario Adorf spielt den Hagen. Die Kosten der Großveranstaltung betragen etwa fünf Millionen Mark. Wird sie ein Erfolg, soll sie alle drei oder vier Jahre wiederholt werden.

Die neueren Inszenierungen sind nicht nur auf Deutschland beschränkt. Im Zürcher Puppentheater zum Beispiel bewies Klaus Henner Russius, daß man das Nibelungenlied auch packend erzählen kann. »Ein gewaltiges Stück Literatur«, schrieb die Kritik und hebt – wie schon in Halle – den düsteren Grundton hervor, die »Leidenschaften, die unausweichlich ins Verderben führen«. Der Vortragende hat dazu den Text auf 2383 Verse gekürzt, also auf etwa ein Viertel des Gesamtumfangs. Das österreichische Tournee-Ensemble TheaterAchse schuf sich aus dem Nibelungenlied »einen spannenden, dramatischen Bilderbogen« und präsentierte ihn im Sommer 2000 auf Freilichtbühnen in Burgen und Schlössern rund um Salzburg.

Die Besonderheit dieser Produktion: Das Stück greift sowohl den mittelhochdeutschen wie den neuhochdeutschen Text auf. Auf diese Weise eröffnete es »eine Welt des höfischen Ehrenkodex und der Minne, der Frage nach Recht und Unrecht« (so die Ankündigung).

Die überraschendste Neufassung kommt jedoch aus Rußland. Hier hat der Dramatiker Maxim Kurotschkin das Nibelungenlied in eine modernisierte Version gebracht. Das Stück heißt jetzt DIE KÜCHE und wurde von Oleg Menschikow und Galina Dubowskaja im Frühjahr 2001 am Moskauer Mossowjet-Theater inszeniert. Die Handlung verläuft tatsächlich in der Küche eines Schlosses, wo etwa eine Putzfrau namens Nadja sich plötzlich als Kriemhild herausstellt oder der Schloßbesitzer als Gunther (gelegentlich sprechen die Schauspieler einige Sätze lang sogar Deutsch). »Selbst der Nibelungenautor«, schrieb die MOSKAUER DEUTSCHE ZEITUNG, »müßte wohl zugeben, das seine 2400 Strophen von Blut und Verrat, Rache und Haß, Liebe und Eifersucht eine erstaunlich aktuelle, obwohl selbstverständlich gekürzte Darbietung in Moskau gefunden haben.« Nach der Premiere lagen Hunderte von Blumensträußen auf der Bühne.

In Europa wurde das alte Epos vor kurzem sogar von der öffentlichen Meinung lebhaft wahrgenommen. Es ging um den Verkauf einer großen Bibliothek, womöglich ins Ausland. Was unter normalen Umständen nur eine Handvoll Antiquare und Sammler in Aufregung versetzt, schlug in diesem Fall höhere, buchstäblich nationale Wellen. Denn unter den Kostbarkeiten der Bibliothek war auch die Handschrift C des Nibelungenliedes – dieselbe, die Jakob Hermann Obereit vor zweieinhalb Jahrhunderten in Vorarlberg ans Licht gezogen hatte. Und wieder steht am Anfang dieser Geschichte ein Mann, der eigentlich einem ganz anderen Beruf nachging.

Joseph Maria Christoph Freiherr von Laßberg, geboren 1770, hatte in Straßburg Jura, Nationalökonomie und

Forstwissenschaft studiert und übernahm 1804 die Stelle seines Vaters als Landesforst- und Jägermeister in der Fürstlich Fürstenbergischen Zentralverwaltung in Donaueschingen. Die Arbeit im Freien scheint ihn jedoch nicht ganz ausgefüllt zu haben, denn er pflegte sehr schnell zwei ganz andere Leidenschaften: Er gründete die »Gesellschaft der Freunde vaterländischer Geschichte an den Quellen der Donau« (1805), weshalb er auch mit Ludwig Uhland und Jakob Grimm im philologischen Briefwechsel stand; und er hatte – ganz »Lady Chatterley's Lover« – eine heimliche Geliebte, seine Arbeitgeberin Elisabeth zu Fürstenberg, die ihm 1807 sogar einen Sohn gebar. Lange nach Elisabeths Tod heiratete er Anna Maria Freifrau von Droste-Hülshoff. Ihre berühmtere Schwester Annette beschreibt die Büchersammelwut des Amateurhistorikers: »Hier im Haus giebts ganze Ladungen von Minneliedern und drunter mehrere starke Hefte mit Melodien dazu. Mein Schwager lebt in Nichts Anderm und übrigens ist er angenehm, geistreich, sehr gelehrt, kurz ihm fehlt Nichts, sondern er hat nur etwas zu viel, nämlich zu viel Manuskripte und Incunabeln, und zu viel Lust sie vorzulesen.«

Als 1815 auf dem Wiener Kongreß die europäischen Grenzen neu gezogen wurden, war auch die Landesherrin Elisabeth von Fürstenberg dabei – in ihrer Begleitung Joseph von Laßberg. Dort erfuhr er, daß nicht nur Friedrich Schlegel mit der Schaumburg'schen Buchhandlung gesprochen hatte, um die Handschrift C zu erwerben, sondern daß auch Lord Spencer Marlborough hinter ihr her war. Allein dieser Gedanke war für Laßbergs »vaterländisches« Herz unerträglich. »In einen englischen Büchersaal«, schrieb er, »über dessen Thüre steht, was Dante von der Thüre der Hölle berichtet, sollte der Codex kommen! Einem britischen Knochenvergraber sollte er zu Theil werden, und für Deutschland, unser Schwabenland auf ewig verloren sein! Nein, dachte ich, ehe ich dies zugebe, verkaufe ich mein letztes Hemd.« Er bekniete Herrn Eggstein, den Ersten Commis der Buchhandlung, ihm den Vorzug zu geben, und hatte endlich Erfolg: Wenn er in drei Wochen 52 Speciesdukaten auftreibe, gehöre die Handschrift ihm.

So viel Geld, wahrscheinlich sein ganzes Jahresgehalt, hatte Laßberg nicht verfügbar, also traf er sich zum Frühstück mit seiner Geliebten: »Nach einer Weile hub die beste aller Frauen an und sagte: Sie haben etwas, das Sie bekümmert, was mag das sein?« Sie schenkte ihm das Geld, und er war der Eigentümer der begehrten Handschrift C.

Als er 1853 alle Bücher in seinem Besitz an das Haus Fürstenberg verkaufte, dankte ihm Fürst Karl Egon III. von Fürstenberg: »Sie werden es natürlich finden, daß ich einen großen Wert darauf lege, daß dieselben nicht zersplittert werden und ungetrennt unserem Schwabenland erhalten bleiben.« Anderthalb Jahrhunderte später war der fromme Wunsch vergessen, denn 1996 gerieten die Fürstenbergs in Geldschwierigkeiten (der Haus-Kunsthändler Graf Douglas: »Pflegen Sie mal vier Hektar Dächer!«) und boten die bibliophilen Stücke zum Verkauf an, darunter auch das Nibelungenlied für stolze 26 Millionen Mark. Schon weckte das Angebot Interesse, besonders in den USA. Man hatte nur vergessen, daß das deutsche Recht eine Verbotsklausel für Verkäufe ins Ausland bereithält, nämlich dann, wenn der Gegenstand im »Verzeichnis national wertvollen Kulturguts« steht – und das Kulturgut Nibelungen-Handschrift stand in diesem Verzeichnis. Ausnahmegenehmigungen erteilt der Bundesminister des Inneren nur, wenn der Verkäufer seine

Gesetz zum Schutz deutschen Kulturgutes gegen Abwanderung (Kulturgutschutzgesetz – KultgSchG), Neufassung vom 8. 7. 1999 (BGBl. I S.1754)

§ 1 (1) Kunstwerke und anderes Kulturgut – einschließlich Bibliotheksgut –, deren Abwanderung aus dem Geltungsbereich dieses Gesetzes einen wesentlichen Verlust für den deutschen Kulturbesitz bedeuten würde, werden in dem Land, in dem sie sich bei Inkrafttreten dieses Gesetzes befinden, in ein »Verzeichnis national wertvollen Kulturgutes« eingetragen. Das Verzeichnis wird nach Bedarf ergänzt. …
(4) Die Ausfuhr eingetragenen Kulturgutes bedarf der Genehmigung. Diese kann an Bedingungen geknüpft werden. Die Genehmigung zur Ausfuhr ist zu versagen, wenn bei Abwägung der Umstände des Einzelfalles wesentliche Belange des deutschen Kulturbesitzes überwiegen. …
§ 16 (1) Wer a. ohne Genehmigung eingetragenes Kulturgut oder Archivgut oder b. entgegen dem vorläufigen Ausfuhrverbot (§§ 4 und 11) ein Kulturgut oder Archivgut, dessen Eintragung eingeleitet ist, ausführt oder sonst aus dem Geltungsbereich dieses Gesetzes verbringt, wird mit Freiheitsstrafe bis zu drei Jahren oder mit Geldstrafe bestraft.

Bedürftigkeit nachweisen kann, und die war bei den Fürstenbergs nicht recht zu erkennen. Zu guter Letzt und nach einem etwas aufgeregten Hin und Her blieb die Pretiose also im Land, erworben im März 2001 für einen nicht genannten Betrag (geschätzt werden 18 Millionen Mark) von der Landesbank Baden-Württemberg, der Bundesregierung, der Kulturstiftung der Länder – und einer Nachfahrin des Eigentümers von 1815, Christina Freifrau von Laßberg.

In den Jahren bis zum Verkauf sah es fast so aus, als wären die Zeiten der romantischen Nibelungen-Begeisterung zurückgekehrt. Die Frage, ob das kostbare Manuskript tatsächlich ins transatlantische Ausland gehen dürfe, erregte über die Fachkreise hinaus das literarische Publikum, und selbstverständlich war die Antwort jedesmal laut und leidenschaftlich: Nein.

Der Begriff »nationales Kulturgut« gehörte plötzlich zum Wortschatz der Gebildeten (ohne fatale Anklänge, nur Graf Douglas erinnerte in seinem Protest gegen das Verkaufsverbot an die »faschistische Tradition« des sogenannten Kulturgutschutzgesetzes). Zeitweise soll auch der bayerische Freistaat, der ja bereits die Handschrift A besitzt, am Erwerb interessiert gewesen sein. Und noch der endgültige Verbleib der Handschrift bewegte die Gemüter. Die Universität Heidelberg, die das Manuskript gern verwahrt hätte, zeigte sich »höchst beunruhigt«, weil ihre »starken Argumente« zugunsten der eigenen Bibliothek unbeachtet blieben. Am Ende erhielt die Badische Landesbibliothek das Objekt der Begierde. Dort ruht es nun im Tresor des Handschriftenlesesaals, wenn es nicht, wie die Landesregierung zur Beruhigung versprach, auf Ausstellungsreisen geht, sicher auch einmal über den Atlantik.

Als Marcel Reich-Ranicki im Juni 2001 gefragt wurde, wie er sich die Literatur des Mittelalters im Schulunterricht vorstelle, antwortete er: »Zwei – nicht zu lange – Auszüge aus dem Nibelungenlied müssen sein.« Seine Leseliste deutscher Literatur oder – um ein derzeit schlecht angesehenes Wort zu nehmen – sein Kanon beginnt denn auch mit dem mittelhochdeutschen Epos.

Was macht diese Dichtung zu einem so vitalen, offenbar unsterblichen Werk, daß es immer wieder, auch über lange Zeiträume der Vergessenheit hinweg, Leser und Interpreten findet? Eine erste Antwort darauf klingt paradox: Es ist die Tatsache, daß gerade diese Frage immer wieder gestellt werden kann. Denn das Nibelungenlied hat die Fähigkeit, jeder Generation neue Herausforderungen und neue Antworten zu bieten. Diese Fähigkeit, immer wieder unverbrauchte Interpretationen hervorzubringen, ist das Charakteristikum eines großen Kunstwerks.

Weitergehende Antworten nähern sich bereits dem Inhalt. Jeder Mensch, schreibt Harold Bloom (1996), sucht in der Lektüre eine Konfrontation mit Größe, was nichts anderes ist als die gewollte Überschreitung der eigenen Grenzen. Diese Begegnung mit einer bis ins Maßlose gesteigerten Größe erfährt der Leser auch im Nibelungenlied. Hier ist alles Menschliche gewaltig: die Liebe, der Verrat, die Rache, das Leid. Die Männer und Frauen des Nibelungenliedes führen keine »kleinen« Existenzen wie wir, und am Ende scheitern sie genau daran. Noch einmal sei der Vergleich mit der ILIAS erlaubt: Auch Achilles, wie den Nibelungen auf der Reise zu Etzel, wird ja der nahe Tod vorhergesagt, aber nicht aus einer Laune böser Götter heraus, sondern weil der Held für das Leben seiner Mitmenschen zu groß geraten war.

Die Lektüre des Nibelungenliedes wird also von ganz allein hoch bedeutsam. Soll man sich – im Lesen, im Leben – auf die grandiose Unverwundbarkeit des Heros einlassen? Oder die rächende Unerbittlichkeit seiner Witwe? Oder die mannhafte »Realpolitik« ihres düsteren Gegenspielers? Oder müßte man nicht eher eine ganz andere Qualität des Epos in sich aufnehmen: die Geschichte von »jâmer unde nôt«, die sozusagen »weibliche« Botschaft von der Verletzlichkeit unserer Existenz, die nicht in einer bestimmten Figur verkörpert ist, uns aber in jeder Szene eindringlich vorgeführt wird? Es ist offensichtlich, daß dies gerade in unserer Zeit keine trivialen Fragen sind.

Anhang

Die Rezeption in Zahlen (1757 bis zur Gegenwart)

Ausgaben des Originaltextes: 28 (davon 23 vor 1901, eine nach 1920 und vier nach 1945).

Übersetzungen ins Neuhochdeutsche, in Versen und Prosa, ganz oder auszugsweise: 100 (davon 31 vor 1850, 39 zwischen 1851 und 1900, neun zwischen 1901 und 1912, fünf zwischen 1921 und 1932, drei zwischen 1933 und 1945 und dreizehn danach). Karl Simrocks Übersetzung erlebte von 1827 bis 1920 77 Auflagen, in manchen Jahren sogar mehrere, z. B. 23. bis 26. Auflage im Jahr 1872, 27. bis 29. Auflage 1873, 52. und 53. Auflage 1892.

Das Nibelungenlied wurde in insgesamt 147 dramatischen Bearbeitungen verwendet (davon entstanden 46 zwischen 1804 und 1869, 47 zwischen 1870 und 1913, 29 zwischen 1914 und 1933, siebzehn in der Zeit des Nationalsozialismus und acht danach).

Neben Wagners Ring gibt es drei Opernlibretti (Felix Draseke: SIGURD 1867, Arnold Krug: KÖNIG SIGURD und Karl Pottgießer: DIE NIBELUNGEN 1893) und eine Operette (Oscar Straus, DIE LUSTIGEN NIBELUNGEN 1904, zuletzt aufgeführt in Saarbrücken 1999).

Der Stoff des Epos wurde fünfmal verfilmt: NIBELUNGEN (Fritz Lang, 1924, Teil 1: Siegfrieds Tod, Teil 2: Kriemhilds Rache), SIGFRIDO, LA LEGGENDA DI NIBELUNGHI (Giacomo Gentilomo, 1957), DIE NIBELUNGEN (Harald Reinl, 1966, Teil 1: Siegfried, Teil 2: Kriemhilds Rache), DIE NIBELUNGEN ODER WAS RICHARD WAGNER NICHT WUSSTE (Curt Linda, ironischer 24teiliger

Zeichentrickfilm des ZDF, 1967), SIEGFRIED UND DAS SAGENHAFTE LIEBESLEBEN DER NIBELUNGEN (David F. Friedman, Adrian Hoven 1971).
Viermal wurde das Nibelungenlied zu einem Comicbook verarbeitet (NIBELUNGEN, Neue Verlagsgesellschaft 1952, nach Teil 1 abgebrochen; SIEGFRIED, Der Held vom Rhein, Mohr Verlag, Duisburg 1957, ebenfalls abgebrochen; Rudolf Angerer, Angerer's Nibelungenlied, München 1972; L'ANNEAU DU NIBELUNG, Numa Sadoul und France Renoncé, Paris 1982).
(Quelle: Grosse 1983, Heinzle 1991, aktualisiert)

Übersetzungen

Original (Strophe 1, Handschrift B):

»Und ist in alten maeren wunders viel geseit
von helden lobebaeren, von grôzer arebeit,
von fröuden, hôchgezîten, von weinen und von klagen,
von küener recken strîten muget ir nu wunder hoeren sagen.«

Christian Niemeyer (fünffüßige Jamben, 1805):

»Viel Wunders ist erzählt in alten Sagen
Von Kühnheit und von Helden lobeswerth.
Nun möget ihr von frohen Hochzeitfesten
Und dann von vielem Weinen und von Klagen
Und kühner Männer Streit die Wunder hören.«

Friedrich Heinrich von der Hagen (1807):

»Uns ist in alten Mähren wunders viel gesait,
Von Helden lobebaren, von großer Arebeit,
Von Freuden und Hochgezeiten, von Weinen und von Klagen
Von kühner Recken Streiten mögt ihr nun Wunder hören sagen.«

F. H. Bothe (»heroisches Sylbenmaaß«, 1812):

»Viel hat in alter Sage die Vorzeit Kunde von Helden
Löbelich, und Mühsal groß, Freud' und Feste, Betrübniß
Und Wehklage besingt ihr Lied. Auf! hört mich anizo
Kühner Degen Streite, die wunder vollen, erheben.«

Johann Gustav Büsching (1813):

»Uns ist in alten Mähren Wunders viel gesungen,
Von Helden Lobes reichen, von großen Handelungen,
Von Freuden und Hochzeiten, von Weinen und von Klagen,
Von kühner Recken Streiten mögt ihr nun Wunder hören sagen.«

Karl Simrock (1827):

»Die alten Sagen melden uns hoher Wunder viel
Von preiswerthen Helden, von kühnem Wagespiel;
Von Freuden und Lustbarkeiten, von Weinen und von Klagen,
Von kühner Recken Streiten, mögt ihr nun Wunder hören
sagen.«

H. von Rebenstock (1835):

»Aus grauem Alterthume
Erzählt uns manche Mähr'
Von edler Ritter Ruhme,
Von Thaten groß und schwer.
Vernehmt die Wundersagen
Von Freud' und Lustbarkeit,
Von Weinen und von Klagen
Von kühner Recken Streit.«

Heinrich Beta (eigentlich: Bettziech, 1840):

»Uns ist in alten Sagen von großer Tapferkeit
Manch Wunderding erzählet und wackrer Helden Streit.
Von frohen Festlichkeiten, von Weinen und von Klagen
Und kühner Helden Kampfe will ich euch Wunder sagen.«

Heinrich Döring (1840):

»Uns ist in alten Mären erzählt gar wunderviel
Von lobesamen Helden und großer Kämpfe Ziel,
Von Freuden und von Festen, von Weinen und von Klagen,
Von kühner Recken Streite will ich euch Wunder sagen.«

Gotthard Oswald Marbach (1840):

»Uns ist in alten Mären des Wunders viel gesagt
Von Helden, reich an Ehren, in Mühsal unverzagt.
Von Freud und Festzeiten, von Weinen und von Klagen,
Von kühner Recken Streiten mögt ihr nun Wunder hören sagen.«

Anton Edmund Wollheim (1841):

»Uns wird in alten Mähren gar wunderviel erzählt
Von kühnen, großen Thaten, von Helden, kampfgestählt;
Von Lust und Festgelagen, von Weinen und von Klagen,
Von kühner Recken Streiten hört jetzt die Wundersagen.«

Gustav Pfizer (1843):

»Uns ist in alten Mären Wunders viel gesait
Von Helden, werth der Ehren, von großer Kühnheit;
Von Freuden und Hochgezeiten, von Weinen und von Klagen
Von kühner Recken Streiten mögt ihr nun Wunder hören sagen.«

August Adolf Ludwig Follen (1843):

»Es ist in alten Mären uns wunderviel gesagt
Von lobelichen Helden die kühnen Kampf gewagt
Von Freuden-Hochgezeiten, von Weinen und von Klagen,
Von kühner Helden Streiten nun lasset euch Wunder sagen.«

Karl Simrock (1848):

»Viel Wunderdinge melden die Mären alter Zeit
Von preiswerthen Helden, von großer Kühnheit,
Von der Freude Festlichkeiten, von Weinen und von Klagen,
Von kühner Recken Streiten mögt ihr nun Wunder hören
sagen.«

Ludwig Tieck (1853):

»Uns ist in alten Mähren Wunders so viel gesagt
Von Helden großer Ehren, von Rittern unverzagt,
Von Freuden, Hochgezeiten, von Weinen und von Klagen,
Von kühner Recken Streite mögt ihr nun Wunder hören sagen.«

M. Ant. Niendorf (1854):

»Uns ist in alten Mären Wunders viel gesagt
von Helden, lobeshehren, von Thaten, kühn gewagt;
von frohen Festlichkeiten, von Weinen und von Klagen,
von kühner Recken Streiten mögt ihr nun wunder hören sagen.«

Eduard Bürger (1861):

»Viel Wunderdinge melden die Sagen alter Zeit
Von hochgepries'nen Helden, von großer Fährlichkeit,
Von Freud' und Festlichkeiten, von Weinen und von Klagen,
Von kühner Recken Streiten, da laßt euch Wunder sagen.«

Ludwig Gerlach (1861/62):

»Gar alte Mären melden uns wunderviel, fürwahr,
Von rühmenswerthen Helden, von Mühsal und Gefahr,
Von Freud' und Festlichkeiten, von Weinen und von Klagen,
Von kühner Recken Streiten: Mögt ihr nun wunder hören
sagen!«

Ferdinand Naumann (1866):

»Die alten Sagen melden
Der Wunderdinge viel:
Von preiswerthen Helden,
Von stolzem Ritterspiel,
Von Freud' und Festlichkeiten,
Von Weinen, Klag' und Leid,
Von kühner Recken Streiten
Zu hören seid bereit.«

Karl Bartsch (1867):

»Viel Wunderdinge melden uns Sagen alter Zeit
Von rühmenswerthen Helden, von Mühsal und von Leid;
Von Weinen und von Klagen, von Freud' und Festesspiel,
Von kühner Recken Wagen könnt ihr nun hören Wunder viel.«

H. A. Junghans (1875):

»Viel Wunderbares melden uns Mären alter Zeit
Von hochgelobten Helden, von Mühsal und von Leid:
Von frohen Festlichkeiten, von Weinen und von Klagen,
Von kühner Recken Streiten mögt ihr nun wunder hören sagen.«

Christian Stecher (1881):

»Viel Wunderdinge melden die Mären alter Zeit
Von hochgepries'nen Helden, von kühnem Männerstreit;
Von Freud' und Festlichkeiten, von Weinen und von Klagen,
Vom Kämpfen kühner Recken vernehmt im Lied hier
Wundersagen!«

Werner Hahn (1884):

»Uns ist in alten Mären Wunders viel erzählt
Von Kämpfen, großen und schweren, von Helden auserwählt;
Von Freude, Festlichkeiten, von Weinen und von Klagen,
Von kühner Recken Streiten mögt ihr nun Wunder hören sagen.«

Oskar Henke (1884):

»Uns ist in alten Mären Wunders viel gesagt,
von rühmenswerten Helden kühn und unverzagt,
von Freude, Festeszeiten, von Weinen und von Klagen,
von kühner Recken Streiten sollt ihr Wunder hören sagen.«

Heinrich Kamp (1885):

»Viel Wundersames melden uns Mären alter Zeit,
von rühmenswerten Helden, von mühevollem Leid.
Von frohen Festlichkeiten, von thränenreichen Klagen,
von kühner Recken Streiten laßt Wunderdinge euch jetzt
sagen.«

Karl Holdermann (1886):

»Viel Wunderdinge melden die Mären alter Zeit
Von preiswerten Helden, von Mühsal und von Leid,
Von Freud' und Festlichkeiten, von Weinen und von Klagen,
Von kühner Recken Streiten mögt ihr nun Wunder hören sagen.«

Roman Woerner (1888):

»Hört, was die Sagen melden aus grauer Väterzeit
Von wunderstarken Helden, von Müh' und Not im Streit,
Von Freud' und Festgelagen und kühnem Waffenspiel,
Von heißen Fehdetagen und auch von Schmerz und Thränen
viel.«

Gustav Legerlotz (1889):

»Gar viele Wunder melden die Mären alter Zeit
Von lobesamen Helden und heißem Kampf und Streit.
Von Jubel auch und Festen, von Tränen und Jammerlaut,
Von schwertgrimmen Gästen sei manches Wunder euch
vertraut.«

G. Bornhak (1891):

»Uns ist in alten Sagen der Wunder viel gesagt,
Von großen, kühnen Taten, von Helden unverzagt,
Von Freud' und Festlichkeiten, von Weinen und von Klagen,
Von kühner Recken Streiten könnt ihr nun Wunder hören
sagen.«

Oskar Henke (1893):

»Uns ist in alten Mären
Gekündet Wunders viel,
Von lobenswerten Helden,
Von kühnem Waffenspiel,
Von Freude, Hochgezeiten,
Von starker Recken Streit,
Von Weinen auch und Klagen,
Vernehmt aus alter Zeit!«

Karl Rehorn (1899):

»Viel Wunderbares melden die Mären alter Zeit
Von kühnen, stolzen Helden, von Not und Leid und Streit.
Von Festen, Liebeswerben, von Thränen und von Klagen,
Von Reckenkampf und Sterben will Unerhörtes ich jetzt sagen.«

Günther Adrian (1912):

»Was alte Sagen flüstern voll Wunderherrlichkeit
Von ruhmverklärten Helden, gewalt'gem Männerstreit
Und banger Totenklage, von froher Feste Klang
Und kühnen Waffentaten: soll laut jetzt künden dieser Sang.«

Hans Stieglitz (im bairischen Dialekt, 1919):

»Jatzt, Leutln, lusts! Dö uralt G'schicht vo' dö Nibelunga
will i' enk vazähln, wia s' g'lebt, g'stritt'n und
g'raf't ham und wia all's a bluatig's End g'nomma hat.«

Arno Schmidt (1960):

»Ä – hämm! ›In stories of our fathers marvels we are told:
of champions, well approved in perils manifold,
of feasts & merry meetings of weepings & of wail
& deeds of gallant daring I'll tell You in my tale. –
In HEIDELBÖRG there flourished …‹
(Aha, schpielte also in Deutschland, bei der alten Army of the Rhine: richtig, Heilbörrg, da war ja das Kopf-Viertel gewesn-)
a WAC, so fair
to see:
in all the world together a fairer could not be.
The maiden's name was 'Cream-hilled' – through her in dismal strife
full many a prowest warrior thereafter lost his life.
(…)
Aber jetzt kam er, unverkennbar ER, DER HELD. Alabama=Dillert! (Die 'Mutter aus Utah'? – Jetzt hatt' ich nich aufgepaßt; das hatt' ich nicht gans mit gekrickt. Schade.) / 7 Fuß hoch, >he takes his whisky strong<; und im ›barn=dance‹ tat es ihm Keiner gleich, geschweige denn zuvor! / (Er schnitt natürlich grausam auf: wie er einen deutschen Tiger=Panzer mit dem Seitengewehr 'abgefangen' hätte, ob der auch 'drachengleich' Gift & Galle schpie. …)«

Harald Genzmer (1965):

»Uns sind in alten Mären Wunder viel gesagt
von Helden, reich an Ehren, Von Kühnheit unverzagt,
von Freude und Festlichkeiten, Von Weinen und von Klagen,
von kühner Recken Streiten Mögt ihr nun Wunder hören sagen.«

Siegfried Grosse (1997):

»Uns wird in alten Erzählungen viel Wunderbares berichtet: Von berühmten Helden, großer Mühsal, von glücklichen Tagen und Festen, von Tränen und Klagen und vom Kampf tapferer Männer könnt ihr jetzt Erstaunliches erfahren.«

Zum Weiterlesen

DAS NIBELUNGENLIED. MITTELHOCHDEUTSCH/NEUHOCHDEUTSCH. Übersetzt und kommentiert von Siegfried Grosse (Reclam Universal-Bibliothek Nr. 644), Stuttgart 1999.

Ehrismann, Otfrid, NIBELUNGENLIED 1755 – 1920: REGESTEN UND KOMMENTARE ZU FORSCHUNG UND REZEPTION, in: BEIRÄGE ZUR DEUTSCHEN PHILOLOGIE, Band 62, Gießen 1986.

Härd, John Evert, DAS NIBELUNGENEPOS. WERTUNG UND WIRKUNG VON DER ROMANTIK BIS ZUR GEGENWART, Tübingen und Basel 1996.

Heinzle, Joachim, DAS NIBELUNGENLIED. EINE EINFÜHRUNG, München und Zürich 1987 (Artemis Einführungen, Band 35).

Heinzle, Joachim, und Anneliese Waldschmidt (Hrsg.), DIE NIBELUNGEN. STUDIEN UND DOKUMENTE ZUR REZEPTION DES NIBELUNGENSTOFFS IM 19. UND 20. JAHRHUNDERT, Frankfurt am Main 1991 (suhrkamp taschenbuch 2110).

Hoffmann, Werner, NIBELUNGENLIED, Stuttgart und Weimar 1992 (Sammlung Metzler 7).

Robert Maschka: WAGNERS RING DES NIBELUNGEN, Meisterwerke kurz und bündig, Serie Piper, München 2000.

McConnell, Winder (ed.), A COMPANION TO THE NIBELUNGENLIED, Columbia, SC (USA) 1998.

Schulte-Wülwer, Ulrich, DAS NIBELUNGENLIED IN DER DEUTSCHEN KUNST DES 19. UND 20. JAHRHUNDERTS, Gießen 1980.

Storch, Wolfgang (Hrsg.), DIE NIBELUNGEN. BILDER VON LIEBE, VERRAT UND UNTERGANG, München 1987.